きみはダイジョブ？

石田衣良

日経プレミアシリーズ

きみはダイジョブ？　目次

I

12 幸福の確率
16 新年も、いい人で
20 正義のゲキリン
24 涙の記者会見
28 体罰ニッポン
32 国はイマイチ、個人はゲンキ
36 光り輝く2週間
40 25回目と52回目の夏

II

46 賃上げバンザイ！
50 絶対、バカンス法！
54 スーパースーパークールビズ！
58 女子力大発展
62 女はつらいよ
67 男の高齢出産
71 「いやらしい」を大切に
75 バブルに乗るか、乗らないか？
79 20年後のために、スタート

III

6年目のフィナーレ　84
ドラマと原作者の関係　88
ビートルズ再訪　92
ＡＫＢ48を考える　96
殺人者とは誰か？　100
1年後の電子の本　104
電子黒船、来航！　108
デジタル革命が破壊する表現の世界　112

IV

118 政治家、それとも小説家？
122 政治を鞭打つ音
126 参院選挙のジャストアンサー
130 世界のデモ嵐
134 適切なディスタンス
139 上海のクラクション
143 チャイナ・プロブレム
147 ノー・カントリー・イズ・パーフェクト

V

152 モノトーンの未来予測
156 サイエンスの絶壁
160 リヨンは燃えているか
164 物乞いする自由
168 アベノミクスの死命
172 「いやらしい」はいけないことか？
176 フリーの世代
180 ２０５０年の世界

Ⅵ

186 「各各」を大切に
190 あの日から
194 あれから、1年1カ月
198 男の責任のとりかた
202 1パーセント未満の幸福
206 きみはダイジョブ?

211 あとがき
214 初出一覧

I

人と自分をくらべない。世の平均と自分をくらべない。
ついでに、気がきいた確率は眉につばをつけて、
軽く耳にはさむくらいにしておく。
ぼくたちの人生には1パーセントの幸福などない。
それを決めるのは、数式でも平均でもなく、自分自身である。

幸福の確率

先日、東大の研究者が発表した数字にはびっくりした。首都圏でマグニチュード7以上の直下型地震が起きる確率が、「4年以内に70パーセント」というものだ。なんだ、それじゃあ、もうすぐ関東大震災の再来じゃないか。ぼくはほとんど地震に対するそなえをしていないので、保存食や水くらいは用意しておこうかなと、真剣に考えた。

しばらくして東大を追いかけるように、今度は京大の研究者が同じ確率を計算した。結果は「5年以内に28パーセント」まで、劇的に減少したという。うーん、わかったような、わからないような困った数字だ。東大では2011年の3月から9月までのデータに基づき、京大は2012年1月までの観測データを追加したというのだけれど、計算方法と元データの違いで、確率などいくらでも変わってしまうのだ。まあ、最先端の科学技術などといっても、まだまだそんなものです。

だいたい確率とかパーセントなんて、天気予報の降水確率以外ほとんど役に立たない数字だと考えて間違いない。4年で70パーセントも、5年で28パーセントも、どれくらい地震を恐れ、準備をしたらいいのか、まったく実感をもたらしてくれない。そこが確率のあやふやなところで、手ごたえがないにもかかわらず、やっぱり人を不安にさせる力が、数字のもつ悪しきマジックだ。

同じことが統計にもあてはまる。34歳までの男性の彼女いない率が60パーセントを超えるという国の研究機関の発表など、当事者はどう考えたらいいのだろう。つきあっている相手は、1か0のどちらかで（なかには複数なんてぜいたく者もいるだろうけど）、6割のガールフレンドは存在しないのだ。

予測不能な自然災害やヒトの恋愛活動といった現象を、数学であつかうところに、最初から無理があるのかもしれない。自然や命のゆらぎは、数では割りきれないのだ。その究極のサンプルが、がん患者の余命告知だろう。似たような進行ぐあいの患者の生存期間をもとに、生存率が50パーセントになるところを医師は患者に告げるという。もっともそれをすこしまえ倒しする場合もある。告知された余命より長生きすれば、患者の家族も満足するし、病院はよくがんばってくれたと感謝されるからだ。

とはいえ、生存率が50パーセントとは、いったいどういう意味だろう。ぼくたちの命はみなひとつきりで、半分生きて半分死ぬことなどできない。生きているか、いないかのどちらかで、そこには確率や数学がはいるような余地は最初から存在しないのだ。

思えば、リーマンショックを生んだのも、ノーベル賞級の経済学者が生みだした金融工学だった。リスクを証券化して、うんと薄めて、全世界にばらまく。そうすればほとんど損をする可能性はゼロで、利益だけは確実に見こめる。世界中のファンドがサラリーマンの生涯賃金のような高給で、数学者を競ってやとったものだ。その結果がなにを生んだか。日々の新聞の経済面に、大惨事がしっかりと報告されている。

いくつまでに結婚しなければならないとか、年収はいくらでなければならないとか、銀行預金はこのくらいが平均だとか。数字などに踊らされずに、自分の実感をもって生きる。それが不確定性の時代にもっとも心休まる生きかただと、ぼくは思う。

人と自分をくらべない。世の平均と自分をくらべない。ついでに、気がきいた確率は眉につばをつけて、軽く耳にはさむくらいにしておく。ぼくたちの人生には1パーセントの幸福などない。それを決めるのは、数式でも平均でもなく、自分自身である。

（2012年2月）

新年も、いい人で

２０１２年は世界中でトップの交代があった。アメリカ、中国、そして日本。世界の上位３カ国の首脳が代わった年だ。ぼくたちは悪いニュースに目を奪われ、自分の国の位置を忘れているけれど、１億人と少々のミドルサイズの国としては、いまだに日本は立派なものだ。きちんと評価して胸を張っていい。

そのうち政権交代がともなったのは、日本だけ。おかげで世界中の投資家から注目を浴び、年末のマーケットはうれしいほうの大荒れになった。円安と株高はビジネス界にとっては積年の願い。安倍総裁が政権交代のアナウンスメント効果を最大限に利用して、市場を動かしたのは、結果論だけれど、最初の巨大な成果だった。なにせ衆議院解散が決まってからのひと月で、日経平均株価が１５００円近く上昇した。時価総額では数十兆円の富が増加したのである。政策ひとつも実行していないし、1円の公共投資もしていなかったのだ。これが安倍政権最大の業績にならないことを願う。

ぼくも20年以上続くデフレ不況にはうんざりしているので、新政権が打ちだした成長戦略で、すこしは景気がよくなってくれたらいいなと思う。この円安と株高の流れが続けば、電機や自動車といった輸出産業を中心に大企業はどこもひと息つけるだろう。

問題はその利益が若い会社員にまでおりてくるかである。みんなの給料があがり、ボーナスが伸びていくか。その点ではあまりよい結果になりそうもない。この国では老人と企業は豊かだ。老人には貯蓄が、企業には内部留保がある。どちらも長年にわたって貯めこんだ資産で、お金はそこに滞留して血管のあちこちを詰まらせている。

パナソニックやソニーといった、その企業が倒れるときは、日本という国が終わりだとされていた超優良企業が、ほんの数年でぐらぐらと足元を揺らがせている。そんな惨事を目前にすれば、どんな経営者でも現金をにぎって離さないのは当然だろう。事情は老人も同じ。不安と恐怖で身動きができないのだ。

今年も、それは変わらないだろう。

不安と恐怖に対抗するには、新しい目標や価値が必要だ。経済成長の代わりになる新しい物語を、誰もが切実に求めている。それは単純に「復古」や「とりもどす」といった旧路線への回帰では十分でない。きき飽きた物語を真剣におもしろがれるほど、今のぼくたちはナイーブでも愚かでもない。必要なのは未来への期待がふくらむような新しい物語である。傷ついたプライドを癒すためのナショナリズムでは、誰もまえむきには働けない。新政権には景気対策だけでなく、物語づくりにも挑んでもらいたい。

ぼくたちは去年とあまり変わらないけれど、ほんのすこしだけ明るい新年を送ることになるだろう。日本経済も一部の輸出企業以外は沈滞したままだ。金融緩和や公共投資などは、前回の自民政権のときからずいぶん繰り返してきたけれど、成長率はさっぱりだった。ビタミン剤の点滴で、日本の熟年ボディを若返らせることなど不可能だ。

でも、ぼくたちひとりひとりにはできることがある。明るく笑顔で生きて、いきいきと働く。それで、きちんと恋をして、子どもをつくるのだ。人口減少と個人の稼ぐ力が衰退したのが、ニッポン病の根本原因なのだから。経済的には確かに苦しいかもしれない。子育てにはむやみに手間と金がかかる。けれど、そこであきらめずに20年後のこの国のために、がんばって働いて、恋をしてほしい。愛国心というのは震えながら隣国に強面《こわもて》であたることでなく、かわいい女の子と恋することなのだ。今年もみんな、お人好しで奥ゆかしい日本人でいこう。

（2013年1月）

正義のゲキリン

どうやらみんな、正義が大好きなようだ。それもびっくりするくらい絶対的な正義が好きなのである。

先日、京都大学の入試で携帯電話をつかったカンニング事件が発覚した。補導されたのは一浪の受験生で、ふたり暮らしをしている母親に、どうしても経済的な負担をかけたくなくて、国立大学に進学したかったという。

外務大臣が政治資金規正法で禁止された外国人からの献金を受けていたため辞任した。泥舟になった内閣から早々に逃げだし、自らの政治生命を延ばすための計画的な辞任だという解説もある。まあ、ことの真偽はともかく、献金の相手は幼いころからいきつけの焼肉店の女性店主で、応援のつもりで年に5万円ほどの送金を続けていたらしい。

大相撲では、力士の携帯電話から八百長を示すメールが発見され、たいへんな騒ぎになっている。神聖な国技・大相撲で八百長はけしからん。集中豪雨のようなバッシングが相撲協会には集中した。すべての膿をだしきるまで、本場所の開催は見送られることになりそうだ。

これはいったいどうしたことなのだろう。受験と外交と国技。一見ばらばらで、つながりなどないようだけれど、実はどれも日本人がひそかに関心を寄せており、社会にとって重要だと考えるテーマなのである。

それにしてもだ。一受験生を偽計業務妨害の疑いで補導したり、つぎのホープと目されていた外務大臣が20万円というわずかな献金で辞任したり、一部の八百長騒ぎで大相撲の存続まで危ぶまれたりするというのは、いささかいきすぎではないだろうか。大人の良識というのは、いったいどこへいったのか。

この国の成長がとまり、給料があがらなくなってから、ぼくたちはやけにおたがいに対して厳しくなっている。21世紀にはいってからこのかた、窮屈で生きづらい社会で息を殺すように生きているのだ。目立たず、騒がず、道を踏み外さず、心を凍らせて。どうして、そんなふうにちいさくなって生きているかといえば、ひどく敏感になった正義の逆鱗《げきりん》にふれるからだ。

一度、社会の逆鱗のスイッチがはいったら、もうまともな理屈や常識などおかまいなしである。容赦のない攻撃に徹底してさらされることになる。理由などあやふやでもかまわない。なんとなくあいつは悪いやつだ、嫌なやつだという程度の社会的な空気感で、血祭りにあげられてしまうのだ。

話題になった若手の歌舞伎役者へのマスコミのあつかいを見ればよくわかる。彼は本来被害者だった。それでも、おもしろおかしく海老蔵伝説をつくりあげられ、釈明の機会も与えられずに一方的な中傷に耐えなければならない。彼の家は実はわが家から200メートルと離れていないので、騒ぎの渦中の各マスコミの張り番のひどさは何度も目撃している。

というと、マスコミが悪いという人もいるだろう。だが、マスコミはその国の国民を映す鏡だ。そんなものくだらない、ニュースとして価値がないと誰もが判断するなら、テレビも新聞も週刊誌も決して、カンニング事件や外相の違法献金や大相撲の八百長などとりあげることはないのである。受け手の側の程度を、マスコミは忠実に映しているだけだ。

問題は法律でもマスコミでもない。ひとりひとりがもっている正義の逆鱗である。ふれたら一瞬で怒りをたぎらせるようなスイッチをもつなんて、R25以上の大人なら恥ずべきことである。みんな、他者に対してもっと穏やかな目と広い心をもとう。誰もがそんな寛容の精神をもつようになったら、この国の息苦しさも半減するはずだ。

（2011年3月）

涙の記者会見

政治家が週刊誌の記事をもとに、鬼の首でもとったように若い芸人を責めている。むやみに張り切っている姿が痛々しいなあ。この人たちは、国民とか庶民という言葉をやたらと口にするけれど、ほんとうに「普通」に暮らす人々の気もちが理解できるのだろうか。

問題の核心は、年収数千万円のコメディアンの母親が生活保護を受けていたことだ。もちろん実の母なら扶養の義務はあるし、生活保護を申請するまえに息子に援助を頼むのが筋ではある。けれど現在は多額の収入があったとしても、生活保護を申請した当時は売れない時期で年収は100万円ほど。それではちょっと援助はむずかしい。

その後テレビで名前を売るようになり収入があがっても、母親の生活保護は続いてしまった。でもね、かんたんにこの芸人のことを責められないと、ぼくは思うのだ。契約社員としてプロダクションで働く芸人や俳優はみな歩合制である。今はよくても将来はわからない。今年と同じ年収を来年も約束されているわけではない。そこでついつい制度に甘えて、母親の生活保護を甘受してしまうのは、「普通」の弱い人間なら誰にでも理解できることだろう。

この問題は当の芸人が記者会見で謝罪し、母親が生活保護を辞退して幕引きとなったけれど、どうもあと味が悪いものになった。ぼくが引っかかったのは、このケースが容易に不正受給と認められない点だ。政治家のほうも芸能事務所の発表を受けて、違法性を問うのではなく道義的責任について追及したのだといっている。

涙の謝罪会見といえば、もうひとつ記憶に新しいものがある。ふたりの女性タレントへのダブルプロポーズを報道され、泣きながら深々と頭をさげたイケメン俳優がいた。残念ながらあんなことはダメンズならば、日本中どこでもやっている。結婚しようというのが、女性を落とす一番かんたんなトラップだとわかっているので、あちこちで安易に切り札を連発するのだ。ここでも追及されているのは違法性ではなく、道義的責任だ。ぼくはつきあった女性に謝るのなら納得できるけど、マスコミや世間に対して頭をさげる理由なんてまったくないと思う。だって、恋愛は自由でしょう。少々はめをはずすのは若いのだからあたりまえだ。

みなさん、最近他人のおこないに厳しすぎませんか。やさしさがすこし足りないと思うのはぼくだけでしょうか。道義的責任というのは、果てしなく追及できる。だからこそ、ある線までで抑えて人を追いつめない。それがおたがい気楽に生きていくうえでただしいバランスだ。

確かに生活保護の受給者がこの10年ほどで2倍に増え200万世帯を突破したのは問題だ。借金漬けで火の車の財政に毎年のしかかる3兆円以上の保護費はとても重い。でも生活保護は最後の安全ネットなのだ。誰だって明日病気で倒れるかもしれないし、事故で回復困難な怪我を負うかもしれない。そんなとき最後に頼れる切り札である。

不正受給については厳しく追及するのは当然だ。けれど、ほとんどの保護世帯はみんなの税金からもらう保護費に毎月感謝しているし、肩身の狭い思いをしながら地道に暮らしていることは忘れないほうがいい。今回の芸人報道がきっかけで、やむを得ない理由で保護を受けている世帯のお年寄りやシングルマザーや子どもたちにまで、厳しい視線がむかないかとぼくは心配している。それでなくても、この国の「普通」の人が自分たちと異なる人へむける視線は厳しい。誰が得をしたとか、誰がずるいとか、そんなことばかり気にして生きるのは面倒でキュークツだから、もうやめようよ。

（2012年6月）

体罰ニッポン

大阪のスポーツ強豪校でコーチの体罰により男子高校生が自殺してから、似たような報道が続いている。ぼくは昔から不思議に思っていた。どうして運動部の顧問やコーチはあんなに偉そうなのか。自分の言葉に酔って幼稚な人生観を押しつけ、相手を頭から全否定し、ときに怒鳴り声を張りあげる。肉体的、精神的な暴力をふるうのをなんとも思わないのだ。だが、絶対に反抗してこない相手を一方的に痛めつけるのは、いじめや虐待となにも変わらない。指導者どころか、人として卑しい行為だ。

どの中学でも高校でも似たような「教育的指導」は、今もいくらでもおこなわれているのだろう。このページを読んでいる人で、指導者が学生を小突いたり、平手ではたいたり、蹴りをいれたりという場面を目撃したことが一度もないというほうが、逆に少数派だろう。ぼくもいい年をした教師が、10代の学生をたたいているところを何度か見たことがある。実に嫌な気分になったものだ。

学生のためを思って、部やクラスの周囲に示しをつけるため、教育的指導の一環として、ただ気あいをいれるため……。理由はいくらでもつけられる。けれど、暴力をふるう人間はその瞬間、例外なく激情に流され、自分の怒りに酔ってしまう。普通の人間は冷静に人をなぐることなどできない。まして決してやり返してこない相手を、数十発も平手打ちし続けるとなると、嗜虐《しぎゃく》的な快感に耽《ふけ》っているとしか考えられない。怒りの感情をコントロールするために、体罰や暴力に依存してしまっているのだ。

人間には動物の部分がたくさん残っている。雑食性でなんでもたべる生きものだから、遺伝子や遠い記憶のなかに、獲物を狩り、とどめを刺す暗い快楽は刻まれている。だから一度体罰を覚えてしまうと、やめられなくなる。ぼくの学校でもそうだったけれど、「教育的指導」をする教師や指導者は決まっていて、その手の人物はなにかと理由を探しては、誰かを痛めつけていた。怒りの沸点が低く、口でいってもわからないから、「たたくほうだって痛い」といいわけをしては、弱い者をなぐっているのだ。病気である。

問題は学校や教育委員会にもある。事件が発覚するたびに、知らん顔で隠蔽工作をする。自分たちの責任になるのが嫌だから、必死にもみ消しをはかる。結果としてペナルティは軽くなり、同じ体罰が繰り返される。親だって、いい加減だ。試合に勝てるなら、うちの子をぶんなぐってやってくださいと平気でいう。全国大会で好成績をおさめ、何人かがプロのアスリートに育った。それは立派な勲章だろう。だが、そのかげに才能があってもつぶされていった無数のスポーツ好きの子どもたちがいたはずだ。

ぼくは体育会系のクラブに所属したことがない。生まれついての文科系で、1年学年が違うだけで、先輩の命令に絶対服従という、あの「鉄のルール」が理解できなかった。さいわい作家の世界にはゆるい上下関係はあっても、基本的に個人営業の自由な世界だ。嫌いな相手のいうことなど、きく必要はない。

先輩後輩という鉄壁の縦関係は、日本をダメにしている根本原因のひとつである。先代の社長や次官の功績だといって、失策や失政を改めることができず、ずるずると過ちを続けてしまう。危機に陥った多くの企業や1000兆円の国の借金の何割かは、先輩にさからえない羊のように従順な後輩が生んだものだ。馬鹿らしい話である。

体罰と体育会的縦社会は、東アジアの儒教文化圏特有の難問だ。日本人を日本人らしくしている根本から生まれたといって間違いない。学校の体罰だけでなく、ぼくたちの社会の在りかた全般を考え直し、膿をだすいい機会かもしれない。教師・先輩・上司、誰であれ間違っていると思ったらノーといえる。これは人として、あたりまえのことだ。

（2013年2月）

国はイマイチ、個人はゲンキ

新しい年を超楽観的に展望するというのが、今回のテーマ。そのまえに現在、わがニッポン国がおかれている客観的な状況をひとさらいしておこう。

デフレは10年にわたりトンネルの先は見えず、国と地方の債務残高はGDPの2倍と世界最高水準。2010年は12万人減となって人口減少傾向は定着、平均年齢は45歳と高齢化。年金や健康保険といった社会保障・医療制度は破綻目前。会社員の平均給与は10年間下落を続けて、マイナス100万円。景気は悪く、財布の中身は国も個人も薄く、人口は減少して、制度はぼろぼろ。一段落でまとめると、それがニッポンの現実の姿である。

それではお先真っ暗じゃないかという声がきこえてきそうだけれど、心配はいりません。

ここから超楽観モードに切り替えていきます。だって、新年早々暗いの嫌だもんね。まず最初にひと言。景気が悪くても、財政赤字が最悪でも、ぜんぜん関係なーい。それはきみの責任じゃないし、ケセラセラで十分。いくとこまでいったら、みんなでつぎの手を考えればいいのだ。社会が暗くて、未来が先細りに見えても、気にすることなんてない。国がぼろぼろでも、個人は勝手に元気というタフなラテン系でなければ、漂流するニッポンで幸福になるのはむずかしい。新しい年はラテン系日本人で、わがままに自由にいってみよう。

いい傾向は去年あたりから見えている。経済成長によらない新しい社会の在りかたに、みんなの関心がむかっているのだ。もう政治家や官僚に頼るのはやめよう。景気をよくしたり、雇用を増やすなんて、最初から政治家にできる仕事ではなかったのだ。もうこれ以上、景気はよくも悪くもならない。収入もあがらない。政治もダメなままだろう。

でも、個人の幸せは国や社会とは実はあんまり関係ない。これまでは世のなかが暗いと、みんなでしたをむくのが日本人の特徴だった。けれど、これからは社会や景気に関係なく、自分の幸福を追求するというのが正解だ。だいたいぼくたちは、あれこれと人の意見に左右されすぎる。新聞や評論家を信じてはいけません。だいたい悲観的な予測をしておけば優秀だと評価される。それがマスコミの手だ。

ひとりあたりの日本人の年収は、これだけ話題になっている中国の10倍である。給料は確かにあがらないけど、物価はどんどん安くなっている。中国内陸部などとくらべると、暮らしはとても困難とはいえない。地方にいけば一家に2台以上の自動車もあたりまえ。都市部ではものがあふれて、逆に欲しいものがなくなってしまった。

今のままの豊かさをそこそこ維持しながら、今度は新しい働きかたや生きかたを考えていく。経済成長を前提にしない社会の在りかたをつくっていくというのが、つぎの10年間の日本のテーマだ。今年はそのスタートの年だと思う。給料が変わらなくても、有給休暇が年に6週間なんて悪くないなあ。

経済大国競争はほかのゲンキな国にまかせて、ぼくたちはのんびりいきましょう。人口が減っても別にいいじゃないか。ユーロ一の大国ドイツで日本の3分の2の8000万人だし、江戸時代の日本はせいぜい４０００万人弱だ。明治以降、近代化のボーナスで人口とＧＤＰが大膨張しただけの話である。ボーナスがなくなれば、あとは贅沢をせずに月々の給料で生きていく。それでいいのだ。

社会の在りかたが１８０度変わっていくので、誰もが不安だけれど、変化や未知がおおきいほど、R25世代の若者には有利なのだ。変化の波にのって、新しい日本人の幸福をつくってやる。そんな志の高い生きかたを探してほしい。最後まで書いて、新しい年が明るいのか暗いのかよくわからなくなったけど、ぼくは案外この国の未来は悪くないと思っている。理由は別にないんだけどね。ただ、なんとなく。

（２０１１年1月）

光り輝く2週間

今朝早く2020年の東京オリンピック・パラリンピック開催が決定した。暗いうちにベッドのなか、スマホで確認したのだけれど、とにかくうれしかった。久々の爽快感。ガッツポーズの5分後には、また眠ってしまったけれど。

東京オリンピックの記憶はごくわずかしかない。あれは4歳のころ、まだ白黒だったテレビで眺めた開会式とマラソンの映像がかすかに残っているだけだ。ただ大人たちが「オリンピックはすごい」「これで日本も世界の一流国の仲間いりだ」と興奮していたのを、不思議な気分できいていた。幼稚園児だったので、駆けっこの大会を東京で開いたからといって、なぜ一流国なのか意味がぜんぜんわからなかった。

夏季冬季をあわせて、これまでもっともたくさんオリンピックを開いた国はアメリカの8回、ついでフランスの5回である。今回の決定で日本も4回目で、単独第3位になる。4位グループにはイギリス、ドイツ、イタリア、カナダがいるのだから、一流国というのも間違いではない。今回、選考にもれたトルコはイスラム圏初をアピールポイントにしていた（次回はぜひ、がんばってもらいたい！　東京開催が決定したあとのトルコの人たちの祝福の言葉は実にあたたかかった）。未開催なのはなにもイスラム圏だけではない。アフリカ大陸にオリンピックがいったことはないし、次回のリオデジャネイロ大会まで南米大陸で開催されたこともないのだ。アスリートの祭典は、まだ先進国主導なのである。

最終プレゼンはぼくもリアルタイムで観たけれど、限界までジェスチャーを豊かにした英語のプレゼンテーションには素直に頭がさがった。いや、日本人にあれは厳しいよなあ。ぼくにはとてもできない。でも、はずかしいなんていっていられないし、勝たなければこれまでの活動は水の泡だ。なにより日本中の期待を背負っている。プレッシャーは半端ではなかったことだろう。ご苦労さま。

ことによかったのが、パラリンピック女子陸上の佐藤真海選手だった。骨肉腫で右ひざから下を失い、日本代表選手になったのち、故郷の気仙沼が東日本大震災に遭う。家族の安否は6日間わからなかったという。数度にわたる衝撃から立ち直れたのは、スポーツの力があったからだと訴える笑顔は、どの国の委員の胸にも響いたはずだ。

安倍首相のプレゼンも見事。ぼくもこの春、フランスにいったからわかるのだが、海外のジャーナリストがインタビューの最初に質問するのは、必ずといっていいほどFUKUSHIMAである。半年まえはまだ汚染水はこれほど話題になっていなかった。それでも相手を納得させるのは、たいそう困難だった覚えがある。これで福島第一原発の問題を終息させるのが国際公約になった。けれど、ぼくは本心ではあまり心配していないのだ。政府や東京電力を信用しているのではない。きっちりと期日を定め、計画を完遂する日本人の生真面目さを信じている。みんなでフクシマをなんとかしよう。もう他人事ではないし、世界中が注目している。東京オリンピックを成功させるためには、早々に片づけなければならない仕事だ。

さて7年後には、きみはいくつになっているだろうか。まだ同じ会社や同じ部署にいるか。すこしは昇進して、給料もあがっているか。人脈も増えて、仕事の肝をつかんでいるか。若いきみがこれから身につけるスキルは、きっと生涯役に立つはずだ。変化は仕事だけではない。プライベートはどうなるか。今つきあっている相手と別れているか、結婚しているか。もしかしたら、子どももいるかもしれない。それもひとりではなく、複数の可能性もある。

未来がどうであれ、7年後の夏には光り輝くような2週間のお祭りが待っている。その日をたのしみに今日を生きよう。

（2013年9月）

25回目と52回目の夏

近所のカフェでぼんやりとアイスコーヒーをのみながら、なぜか25回目の夏を思いだしていた。もうずいぶん昔の話になる。あのころぼくは大学を一留して卒業し、フリーターの走りをしていた。アルバイトは確かガードマン。首都高速湾岸線の新木場あたりの工事現場で働いていた。工事車両以外の交通量はすくなく、ゲートの周囲に水をまいては、掃き掃除をするくらいしかやることのないヒマな仕事だった。積乱雲が破裂するような勢いで背を伸ばす遠い東京湾の空を眺めては、いき場のない時間をつぶしていた。好きなポップスを、口のなかでハミングしながら。ぼくが生まれてから一番日焼けしていたのは、間違いなく25歳の夏である。

自分の居場所がわからなくて、いつも不安だった。将来を真剣に考えると眠れなくなるので、明日のことは考えないようにしていた。夜になると自分の部屋で、FENをききながら手にはいるあらゆる種類の本を読んだ。新しい知識を詰めこまなければ、怖くてたまらなかったのだ。当時はインターネットがなかったから、ほとんどの情報は活字から得るしかない。学生時代の友人たちはそれぞれ就職先で、きちんと社会人として働いている。きっと確実に成長していることだろう。その差をすこしでも、知識や論理で埋めたかった。いつまで、こんなふうに若さを切り売りするような生活を送るのだろう。脱出口はほんとうに見つかるのだろうか。ぼくには未来がほんとうにやってくるのか。

思いだすだけで、息が苦しくなる。同時に微笑んで25歳の若者をはげましてやりたくなる。あの日のぼくに今年の夏を教えてやったら、きっと目を丸くするだろう。きみは10年後念願の小説を書き始め、華々しくデビューする。デビュー作は話題を呼んでテレビドラマ化され、若者を中心に人気を集め、伝説のドラマと呼ばれるようになる。デビュー5年後にはあっさりと登竜門の文学賞を獲て、出版の世界に確かな自分の場所をつくりあげる。

52回目の夏50冊近い本を書きあげ、まだ締切に追われている。

今のうちにもっと本を読んでおくといい。読書で得た力はつぎの20年を支える柱になる。作家になったら、ほとんど休みはない。好きな本を寝そべって読みふけり、夏空を半日見あげてすごす贅沢は許されないのだ。

きみは結婚して、子どもをさずかり、家は好きでもない都心の高級住宅地に建てるだろう。バカげた額のローンはヨーロッパならちいさなシャトーでも買える金額だが、天文学的に高い土地代のため、プールもテニスコートもついていない。つまらない話だ。

きみが描いていた夢は、ほとんどが実現するだろう。それどころか、なぜかきみは（これもさして好きではない）テレビのささやかな人気者として、お笑い芸人や女性タレントといっしょに、ときどき番組収録に呼ばれるようになる。街を歩いていると、見しらぬ人に指をさされ、小声で名前を呼び捨てされるようになるのだ。

今このとき25歳を生きているきみには、予測できない未来が待っている。ぼくの夢はたまたまかなったけれど、それでも後悔は必ずついてまわるのだ。もっと別な生きかたはなかったのか。これがほんとうに自分が望んだものか。確信はまだない。こうして夏の夕暮れに空を見あげ、また考えている。明日はどうしよう。これからどう生きていけばいいのかと。そういう意味ではほんとうに大切な部分では、25歳も52歳もたいした違いはないのかもしれない。いくつになっても、生きることの不安や恐怖からは逃れられないのだ。でもすこしずつ前進はできる。おたがい明日もがんばろう。

（2012年8月）

Ⅱ

精いっぱい働き、専門を身につけ、
センスを磨いたうえで、
ちょっといそがしいけれど、きちんと恋をして、
可能なら結婚もしてもらいたい。
それができるなら、ぼくにはきみになにも望むことはない。

賃上げバンザイ！

マスコミは企業の不祥事ばかり厳しくとりあげるけれど、グッドニュースはカンタンに見逃してしまう。そこで遅ればせながら、今回はローソンを褒めることにしよう。

ローソン偉いぞ、がんばれ！

新浪剛史社長自身が安倍内閣の産業競争力会議の民間議員であるという事情もあって、ローソンは率先して賃上げを実施すると発表した。20代後半から40代の社員について、年収ベースで約3パーセントのアップだという。おめでとう、現場で働くみんな。そうこなくちゃ、アベノミクスも絵に描いた餅だ。

ぼくはかねがね不思議に思っていた。失われた20年で労働者の年収は毎年のようにさがっていた。デフレだ、不景気だ、リーマンショックだ、ヨーロッパ発の金融危機だ。これだけ悪条件が重なれば、少々給料がダウンしてもしかたないよな。正社員でいられるだけ、まだましだ。サラリーマン諸兄の多くは、そんなふうに自分を納得させ、あきらめていたことだろう。

けれど取締役会のお偉いさんは、そんな諦念とは無縁だった。重役の給与はバブル崩壊後もじりじりと上昇を続けていたのである。危機の時代こそ優秀な経営者が必要だ、役員数が削られ以前より激務になっている、海外のトップは桁違いの報酬を得ている。理屈はいろいろとつけられるだろう。けれど誰がなんといっても、お手盛りで自分たちの分だけこっそりと給料を高くしていたというのは事実である。なんだか下品だな。

日本の経済が貧血状態なのは、なにもお金がないからではない。マーケットにも、企業にも、個人にも金はありあまっている。上場企業の手元資金は60兆円にものぼるというし、1500兆円近い個人資産のうち60歳以上の分が実に1000兆円の大台に近づいている。金はあるところに確実にあるのだ。それも唸るほど積みあがり、腐りかけである。

シャープやパナソニックのような超優良企業がほんの数年で数千億の赤字をだすまで追いつめられたり、年金制度や健康保険の将来不安も当然あるだろう。経営者も、老人も、未来が見えずに不安でたまらず、現金をにぎりしめ、身を縮めている。不況と低成長の北風は冷たい。

けれど、そのままでは自分の身は守れても、この国全体は沈んでしまう。有名な合成の誤謬《ごびゅう》である。動脈硬化を起こして血管を詰まらせているお金をどう動かすか。それが今一番求められていることだと思う。講演に招かれたとき、会場を見渡して高齢者の顔が多い場合、ぼくは最後にこういうことが多い。自分のもっているお金を消費税分くらいでいいから、つぎにくる若い世代のためにつかってあげてください。教育資金でも、住宅資金でも、結婚資金でも、海外旅行など遊びでもかまわない。

ほんとうに必要としていて、すぐにつかう人にお金はもっと回さなければいけないのだ。その点でも20代後半から40代の社員への賃上げというのは、ローソンのスマッシュヒットだった。結婚、出産、教育、住宅購入といったライフイベントを控えて、お金が一番必要な時期だからである。

残念ながら、わが家の近くにはセブンイレブンばかりで、ローソンがない。でも、このコラムを書いたあとですこし足を延ばして、ローソンにいってこようと思う。牛乳と都指定のゴミ袋がなくなりそうなのだ。

みなさん、自分がつかうお金は、必ず自分が支持したいという会社の商品やサービスにあてましょう。経営者が嫌なやつだったり、納得のいかない労働環境だったり、悪質な販促戦略だったりを繰り返している会社には1円だってつかわない。資本主義国では、自分の消費行動が政治的信条の宣言になるのだ。ぼくもいくつかの企業（あのファストフードとか、あの携帯電話キャリアとか、あの金融機関とか）には絶対に1円もつかわない。なんといっても、明日もいい会社に生き残ってほしいものである。

では、とりあえずローソンにいってきます。

（2013年3月）

絶対、バカンス法！

夏休みはみんなどうすごしただろう？　しっかり仕事の疲れはとれたかな。ほとんどの日本人は1週分の5日間に前後の土日をつけて、連続9日の夏期休暇をとるのが精いっぱいだろう。

この夏休みのスタイルが定着してもう数十年になるけれど、そろそろ成熟国ニッポンには、新しい夏休みが必要不可欠だと、ぼくは思う。具体的にいうとヨーロッパなみの新しいバカンス法の制定が急務なのだ。

こんなことをいうと、金融危機後の不景気が続き、デフレからも脱却できないこの国で長期休暇なんて論外だ。経済のパイがさらに縮むという人がいる。けれど、もともとバカンス法自体が景気対策の意味あいをもっていたことは、意外としられていない事実だ。

バカンスといえば、ぼくたちはすぐにフランスを連想するけれど、あの国でさえ最初にバカンス法がつくられたのは、1936年にすぎない。当時は世界大恐慌後の不景気がだらだらと続く最悪の経済状況。でも、人民戦線内閣は有給休暇を2週間にする画期的なバカンス法を導入した。夏休みを多くすれば、ワークシェアリングで仕事を増やせる。観光で人が動けば、嫌でも金をつかうから、資本の回転率があがる。立派な景気対策である。もちろん働く人の福祉の向上という目的もあったけれど、もうひとつの効用も眼目のひとつだった。

フランスはそれから1956年に3週間、69年に4週間、82年に5週間と、最初のバカンス法から、じりじりと有給休暇を延ばしていった。現在の世界に冠たるバカンス国になるまで、50年近い努力を続けてきたのだ。ぼくたちも夏休みが短いと文句をいうだけでなく、投票や世論でバカンス法導入をもっと推進しなければ、いつまでたっても悲しい夏休みの状況は変わらない。

そこで提案、みんなで政治家にバカンス法をつくらせよう。だいたいこれ以上給料があがることは低成長のこの国では望めない。ならばせめて働きかたをもうすこし人間的にしてほしいと願うのは、当然のことだ。

もちろんぼくだって、細かな反対意見があるのはわかる。大企業や官庁はいいけれど、中小企業にはそんな余裕はない。結局格差が広がるだけだ。日本人はもともと会社が好きだし、働くのが好きなのだ。だが、週休2日制導入を思いだしてみてほしい。大企業先行でもいいではないか。時間はかかるが、いつか週休2日と同じように、年に5週間のバカンスがみんなの常識として広がっていくだろう。あれこれと文句ばかりいっても始まらない。とにかく有給休暇が3週間でもいいから、最初のバカンス法をつくってしまえばいい。そのあとはフランス式にじりじりと夏休みを延ばしていけばいいのだから。

長いながいというけれど、フランスのおとなりのドイツでは有給休暇は6週間で、ほぼ100パーセントの消化率だ。それでいて、きちんとあれだけの製造業の高水準を維持している。ドイツにできてニッポンにできないわけがない。ぼくは最終目標は、ドイツの有休6週間、消化率100パーセントでいいと思っている。

夏休みがもし3週間あったら、あなたはどうだろうか？　誰もがそんなうれしい難問で頭を悩ます国にニッポンがなったら、どれほどわくわくするだろう。今のこの国に足りないのは、金でも物でもなく、たのしさなのだ。生活をたのしみ、未来に期待する気もちなのだ。バカンス法はたいした予算も必要とせずに、国民のたのしさを一気に倍増させられる切り札である。

もちろん景気対策としての効力もあるけれど、みんなの気もちが明るくなるのが、なにより一番。今からみんなで国民運動を起こして、来年の夏には誰もがとりあえず2週間の夏休みをとれるようにしてみませんか。絶対、バカンス法！　これを猛暑のニッポンのスローガンにしよう。


（2010年8月）

スーパースーパークールビズ！

ついにやった！

官公庁のようなお堅い勤め先でも、ポロシャツ・Tシャツ・短パンが公認されたという。この国は官治国家だから、一般企業もすぐにあとを追うことになった。いささか遅すぎる対応だけど、十分に評価できると、ぼくはうれしく思っている。できることなら数年後、節電対策の必要がなくなっても、このスーパークールビズ仕様のドレスコードを、ぜひ標準にしてもらいたいものだ。

だいたい夏に限ると、日本はもう列島全部が熱帯なのだ。気温37度、湿度70パーセントなんて猛暑日に、ウールのスーツを着てネクタイを締めるというのが、土台無理だったのである。炎天下を歩くあのスタイルは、礼儀ただしい拷問だ。中部ヨーロッパは夏でも気温はそれほど高くならないし、湿度もあがらない。温帯対応のスーツを、熱帯の夏に無理やりもちこんだのが間違いの元。男たちはタコのようにゆであがり、女たちは冷房の効きすぎで体調を崩す。それが日本の夏の定番だったのだから、なんともバカらしい話だ。

かくいうぼくは、作家生活十数年。夏はほとんど短パンとTシャツですごしてきた。足元は当然、素足にサンダル。やっと時代が追いついたのだなあと感慨は深いけれど、読者のみんなにはよくよく注意してもらいたい。

なぜか？

よくいるでしょう、二次会で部長が無礼講だなんていうと、際限なくだらしなくなって、たのしい席をぐずぐずに崩してしまう輩が。なにごともたしなみと程度が大切なのである。カジュアルスタイルにこそ、その人のおしゃれの基礎体力があらわれる。崩しの程度が想定できずに、夜祭りにでもでかけるような格好をしてはいけません。襟の伸びたよれよれのTシャツに、なんシーズンもはいてるくたびれたカットオフジーンズなんて、お呼びじゃないのだ。

ずっと昔にこのコラムでも書いたけど、ファッションのコツは「逆をいく」ことに尽きる。カジュアルでいいといわれたら、全体のトーンはきりりと引き締めて清潔感をだす。フォーマルにといわれたら、逆に細部を崩して遊び心や余裕を見せる。それだけ守っていればいいのだから、あまりむずかしいことは考えないでいいのだ。メンズショップの店員みたいに、全身におしゃれ神経ぴりぴりなんて雰囲気は、逆効果だから素人は絶対にやらないほうがいい。服装なんてどうでもいいけどと口ではいいながら、ちょっとおしゃれだなあというのが、男のファッションの理想である。

今年の夏は、数年来のマリンルックが流行っている。サマースーツでも、紺と白という組みあわせは涼しげで定番中の定番だけど、その清潔感をそのままスーパークールビズにもちこめば、まず失敗はないだろう。

紺の細身の短パンに、白い半袖のポロシャツとボーダーの七分袖のカットソー、足元は素足かくるぶし丈のソックスに、紺か白のデッキシューズなんて格好なら、誰にでも似あうし、誰にも文句はいわれない。おしゃれ感をプラスしたいなら、白か紺のハンチング帽かパナマ帽をかぶり、ちいさめのスカーフなんかを首に控えめに結ぶといい。ぼくは大判のストールは暑苦しいので、夏はあまり好きではありません。

今回の大震災が起きるまえから、ぼくたちの社会では、必要がないものを整理する新しい文化が生まれていた。これは生活財だけでなく、政治や思想も変わらない。3・11以降その流れは急加速しているように見える。今、盛んに無意味な政争を繰り返している与野党の議員の多くは、つぎの選挙で国民から痛烈な洗礼を受けることだろう。あの人たちは真夏の背広だ。

無駄を省いて、手元に残ったわずかなものや思想で、どんなふうに涼しく、たのしく、意義ある生活を送っていくか。スーパークールビズがぼくたちに突きつけるのは、ただファッションにとどまらない、深く未来を左右する問題だ。

（2011年7月）

女子力大発展

なでしこジャパンが世界一になった。

サッカー女子ワールドカップで、強敵をつぎつぎと撃破して、世界の頂点に立ったのだ。素晴らしい試合の連続で、テレビを見ていて、久しぶりにいい気分にさせてもらった。

びっくりしたのは、世界一のチームのほとんどがプロサッカー選手ではなかったこと。昼の仕事を終えたあとで、夕方から夜にかけて練習し、年収はほとんど300万～400万円にすぎないという。飛行機の移動はワールドカップでさえ、エコノミークラス。なにせドイツまでは長いのだ。あの激闘を制して世界一になったチームが、エコノミークラス症候群を心配しなければならないというのが実情である。ちなみに力をつけたとはいえ、ワールドカップベスト16どまりの男子サッカーには、チャーター機が用意され、年収1億円を超える選手がちらほら存在する。せめて日本サッカー協会は優勝の報奨金でも、はずんでやってほしいものだ。

先日、ある大学教授と話をした。アメリカの大学では日本人留学生は女子ばかりで、ほとんど男子はいない。不思議に思ったアメリカの大学関係者に質問されたそうだ。日本の男子学生はいったいなにをやっているのか？　教授はこたえに詰まってしまったという。早い時期から就職活動がいそがしくて、留学にくるひまがない。相手はなんのために大学で学んでいるんだろうといって嘆いたそうだ。

ぼくが働く出版の世界でも、優秀な女性編集者が続々誕生している。20代の若手世代に限ると、すでに女性のほうが数も力もうえになってしまったかもしれない。みな成績優秀で、細かい配慮ができて、コミュニケーション力もある。この国ではあらゆる分野で、女子力が男子力をうわまわりつつあるようだ。

さて、そうなると、ここは若き男子の砦R25なので、「男たちよ、もっとがんばれ」という応援メッセージになると思うでしょう。でも、違うんだな。

ぼくは現在成長中の女子力は、もともとの適正バランスにもどる途中のごくあたりまえの動きにすぎないと思う。だって、男も女もこの社会のなかで生き抜く知力体力とも、そんなに変わりはない。これまでの日本では女性がへこみすぎていたのである。これからはもっともっと女子にがんばってもらおう。国会でも取締役会でも、半分が女性になってもちっともおかしくない。サッカーだけでなく、政治や経済や文化など全方位で、もっと女子力を生かすというのが、21世紀型のニッポンの姿だ。

では、そんな女子力大発展の社会で、男たちはなにをすればいいか？　これは編集者を長年観察して思うのだけれど、実務能力は女子がうえだけれど、先を見とおした構想力や全体の状況をつかむ俯瞰力は今のところ男子のほうが優れている。問題なのは、そうした特殊な力はすぐには身につかないこと。現場で10年20年と経験を積まないとものにならないのだ。普段はぼーっとしていてもいいから、その力をぜひ磨いてほしい。若いころはぼんやりしていた人物が、人生の折り返し点を控えたあたりから急激に伸びていくというのは、よくある話なのだ。

これからの男子は、女子力をうまく生かしながら、自分の力をゆっくりと伸ばしていくのがいい。優秀な女性が上司になったら、右腕としてがんばるのもいいし、補佐役としてそばに控えるのもいい。現在連載中の『平成リョウマ』では、新しい時代の働きかたとはなんだろうと考えている。主人公の坂下龍馬は古着屋のチェーンで、女性社長のもと社長室長として秘書的な仕事を担っているのだ。女子力の時代を無意識のうちに映していたのかもしれない。

ひとつ勘違いしてほしくないのは、女子力も男子力も、片方があがればもう片方が落ちるというゼロサムゲームではないことだ。女子サッカーが強くなれば、男子が弱くなるということはない。伸び盛りの女子力をうまく利用しながら、自分も伸びる。これからはしたたかな男子力が求められている。がんばれ、男子！


（2011年8月）

女はつらいよ

男も確かにつらいけど、なんだかんだといって、組織や制度に守られているところがある。なんとか会社にもぐりこめさえすれば、あとはよほどのミスを犯さない限り、定年まではまず安泰だ。もちろん厳しいご時世だから、いろいろと反論はあるだろう。

正社員になるのがそもそもむずかしい?

ブラック企業も(一部の上場企業をはじめ)無数にある?

厳しいリストラ・出向だって待っている?

20年不況で給料もなかなかあがらない?

いまや昇進できるのは上司の覚えのめでたいごく一部のエリートだけ?

いやはや男性諸氏、おっしゃることはごもっとも。でもね、その不遇な条件に昔からずっとさらされてきた人たちもいるのだ。せっかく正社員として採用されても、結婚・出産のたびに退職を迫られ、給料も一定の範囲に限定され、昇進だって目に見えないガラスの天井ではね返される。三重苦四重苦の状況だ。

正解はもういうまでもない。人類の半分を占める女性なのだ。少子化がすすんで労働人口が減り、いよいよ女性を頼りにしなければならなくなったけれど、この状況では確かに厳しいだろう。いくら首相が旗を振っても、急に女性の労働力が活性化するはずもない。いっそのこと、女性の正社員に補助金をだすとか、取締役会の女性比が3割を切ったら罰金をとるとか、誰の目にもはっきりとした優遇策を打ちださなければ、女性力の活用は困難かもしれない。年に100万円程度のパートでしか働いてもらえないというは、なんだかもったいない話だ。考えてみると、学生時代のクラスではぜんぜん女生徒のほうが優秀だった。ぼくのクラスのマドンナたちは半分以上が専業主婦になっている。

しかも女性にとって最終的な逃げ道だったその結婚も難易度が高くなってしまった。男たちが非正規化して結婚が遠くなり、未婚率ばかりロケットのように上昇しているのだ。ぼくたち男は女はいいなあとよく口にする。きれいな服を着て、たのしそうに外食や旅行をたのしみ、勤務状況も男たちのように厳しくない。楽ちんで、ふわふわとゆるくて、責任がなくていいなあ、なんてね。

でもそういうのは女性誌やテレビドラマで垂れ流されるぴかぴかで空っぽのイメージにすぎない。実際には断然、経済事情は厳しいのだ。貧困率でいうと、男性よりも女性のほうがずっと高く、とくに独身のまま年齢を重ねていく女性は多くの場合生計を立てることさえ困難であることがめずらしくない。

男もつらいけど、女もそれ以上につらいのである。

こういうとき、ポップミュージックなら、答えはラブだなんてお気軽にうたうだろう。はずかしながら、ぼくもそこにしか答えはないと思っている。ひとりで生きるより、ふたりで生きるほうが、すこしだけ人生は気軽になる。子どもなんかができたりして、3人4人となるとずいぶんとにぎやかにもなる。人間はどんなに進歩しても、ただの動物なのだ。

もちろん夫婦ふたりとも非正規で年収が400万円台なんてことになると、生活はたいへんかもしれない。でも数字だけではわからない歓びがあるものだ。案外なんとかなるものだしね。男たち、女たちにいいたいのは、あまり厳しい目で異性を見ないようにということ。ときに片目をつぶり、たまには両目をつぶって、相手の悪いところは無視する。自分にだって欠点は数えきれない。だったら、それくらいでちょうどいい。理想の人も想定外の人もつきあってみたら、実はそうは変わらない。あれこれと注文をつけるまえに、とにかく食事にでも誘ってみるというのが正解じゃないかな。

ぼくは結婚制度はよくできた仕組みだと思う。淋しい男性が恋をして結ばれ、淋しい女性を救いだすことで、実は自分自身が救済されてしまう。愛というか、結婚というか、人と人の結びつきというか、人は人によって世界からはじかれるけれど、また人と結びつくことで世界にもどってこられるのだ。

そこの彼女いない男子、彼氏いない女子、理由なんてなんでもいいので、手近な誰かにすがりついてください。その際は恰好悪いくらいのほうが、いいと思います。人の心を動かすのは、外見ではなく、いまだに中身と真剣さだ。
成功を祈る。仮に失敗しても成功するまであきらめないようにね。

（書き下ろし）

男の高齢出産

ドキュメンタリー番組を見ていたら、まだ若い女性が卵子を採取する手術を受けていた。とりだされた卵子は細いストローのような器具にいれられたまま、マイナス196℃の液体窒素のケースに浸されていく。この手術は1回で数十万円の費用がかかるのだとか。それでも若いうちに生殖能力の高い元気な卵子を保存しておきたかったと、その女性はインタビューでこたえていた。

いやあ、女の人はたいへんだなあと素直な感想を抱いているそこのきみ、男にだってちゃんと高齢出産はあるのだ。ちょっと気をつけたほうがいい。いくつになっても、男ならだいじょうぶなんて幻にすぎない。たとえ結婚が先に延びても、流行の年の差婚で一発逆転、若い子に産んでもらえばきっとだいじょうぶ。そんな夢のような物語を、頭のどこかに描いていていないかな。

その手の甘い夢はほとんど錯覚にすぎないのだ。子どもが欲しいなら、男のほうでも出産の限界をきちんと考えておいたほうがいい。まず男性側の精子も年齢を重ねるたびに劣化して、運動能力が落ちていく。精子の産出量だって、当然じりじり減っていく。最初に卵子の凍結保存についてふれたけど、同じ方法で精子を保存する技術もすでに確立している。運動性と絶対数がなければ、妊娠はなかなかむずかしいのだ。

肉体的な条件よりもさらにおおきいのは、経済的な制約のほうかもしれない。普通のサラリーマンなら定年退職は60歳、再雇用を含めても65歳だろう。子どもふたりの大学教育を再雇用まえまでに完了させておかなければ、退職後の生活設計はかなり厳しいことになる。近未来の社会ではますます教育の重要性は高まるだろう。技術の進歩と社会の変化はとどまるところをしらない。大学くらいまでは、なんとか教育を受けさせたい。ごくありふれた親心だ。

そこで安全を考慮して、下の子が大学受験で一浪、就職浪人で1年プラスされたとして、親の義務を果たすまでに24年間はかかることになる。

60引く24は36。

この年までに第2子を生むとなると、年子はちょっとタイヘンだから、33歳か34歳で第1子をつくっておかなければならない。どうですか、もう間にあわないなんて男性も、けっこういるんじゃないかな。

ぼくはこの春『マタニティ・グレイ』という妊娠出産をテーマにした長篇をだしたけれど、取材をしていて感じたのは妊娠に真剣なのは女性ばかりという事実だった。妻の側は一生懸命であれこれと調べたり、妊活に励んでいたりするのだけれど、夫はたいていぼんやりしている。このパターンが圧倒的に多かった。男はつくろうと思えば、いつでもできるなんてお気楽な調子なのだ。

だから今、不妊治療にチャレンジしているカップルで、男性が女性に負けないくらい熱心なら、その人はめずらしくいい夫だ。奥さんは彼のことをほめてやってください。年の差婚ねらいの夢だけ見てる男子より、ずっとましである。

それからときどき「こんな世のなかに生まれてくる子どもがかわいそう」なんて、もっともらしいことをいう人がいるけど、それは大嘘です。暮らしの豊かさでも、健康状態や平均寿命でも、戦争や凶悪犯罪の発生件数でも、日本の歴史上現在ほど素晴らしい時代はほかにない。昔の日本は素晴らしいというセンチメンタルな復古主義者は、江戸時代や明治時代に子どもを産むことを想像してみるといい。いくつもの戦争や旧式な医療や栄養不良のせいで、平均寿命は今の半分ほどでしかない。完璧じゃないけど、目のまえにある社会がすくなくともベターなのだと観念して、あとはよーい、ドン！で子どもをつくってしまえばいいんじゃないかな。

子どもは憎たらしくて、いうことはぜんぜんきかないけど、ほんとにかわいいよ。

（2013年7月）

「いやらしい」を大切に

ちょっと衝撃のデータが発表されたので紹介しておこう。その数字とは36だ。なんの数だか予想がつくだろうか。まあR25の読者には絶対にわからないと思う。ぼくだって、ほんとかなあといまだに半信半疑なのだ。

16歳から19歳までの男性の約36パーセントが、「セックスに関心がない」か、さらに一段ひどく「セックスを嫌悪している」とこたえたのだ。元資料は厚生労働省研究班がおこなった性生活に関する公式の調査である。ネットでちょっとアンケートとりましたといった安易なものではない。アカデミックな意味でもしっかりと信頼性のある数字と考えてもいいだろう。

それにしても、10代男子のあいだでなにが起きているのだろうか。ぼくはこのページで、草食系男子という言葉が生まれるまえから、欲望の淡くなった今どきの男性について指摘してきた。その草食傾向もついにいきつくところまでいってしまったのかもしれない。

ぼくが10代のころはアダルトビデオなどという世紀の発明は存在しなかった。家庭用VTRは高級品だったのだ。日本人の若い女性が人まえでHをする場面を見られるなんて、想像を超えた世界だったのである。すごいものができてしまったと、感心どころか感動したのを覚えている。当時海外もののブルーフィルムのなかでしか、実際の性行為は描かれなかった。日本ではまえ張りつきのお芝居としてベッドシーンは存在したのだ。それなのに、こんなにかわいい子がすごいなあ!

それはさておき中高生だったぼくは、せっせと「GORO」や「平凡パンチ」や「月刊プレイボーイ」を買っていた。いろいろとためになる記事は載っていたけれど、お目あては当然ながらグラビアページのヌードだった。どの裸体も光り輝いていたものだ。

10代なかばのクラスメートの多くも同じで、中学のころにはよく自転車でとなり町の書店まで、成人雑誌を買う冒険旅行にでかけた。『4TEEN』でも書いたけれど、堂々とマニアックなSM誌なんかを買うやつは、仲間うちで英雄あつかいだった。今にしてみるとすべてが甘酸っぱい思い出である。

一般的に男性の性欲は10代後半から20代前半で最盛期を迎えるといわれている。その盛りの時期に性に「興味がない」とか「嫌悪している」では、その後の成長?もあまり望めそうもない。経済と国力の縮小が続いて、時代の精神は保守化している。性的な意識もバブル期以降一貫して、生真面目にお堅くなってきた。現代はセックスや欲望に関心をもたないほうが、清潔でスマートといった雰囲気にさえなっている。たとえ相手が異性だろうと、人とのかかわりを面倒に感じる若者が増えているのも気がかりだ。

ぼくは日本の人口が減っていくのは、ある意味しかたないことだと思っている。近代化にともなう人口ボーナスは、どんな国でも将来の高齢化の素だ。けれど、今起きているようなあまりにも急激な人口減少は、やはりどこかで穏やかなものに変えていかなければならないのも確か。問題の財政赤字だって、人口が多いほどひとりあたりの返済額はすくなくなる。人を増やすのは借金を減らすのと同じ効果なのだ。

まあ、お国のためにもっとHをして、子どもを増やそうなんて、ぼくとしては口が裂けてもいいたくない。でも、性の欲望はそのまま生きる意欲につながっているから、10代のうちから元気がないのも淋しいなあとつくづく思う。

そこで結論！　みんな「やらしい」気もちをもっと大切にしよう。こんなことを堂々と書くなんておかしな話だけれど、ひとりひとりの気もちが動かなければ、時代も社会も変わらない。みんなの欲望が明日の日本を元気にするのだ。正々堂々、ひそかでやらしいあんな欲望、こんな欲望を育てていこう。


（2011年2月）

バブルに乗るか、乗らないか？

どうやらミニバブルが起きているらしい。新政権が誕生してから、円は2割ばかり値をさげて、株価は4割ほど急上昇している。ぼくは正直なところ、生きているうちにもう一度バブルを目撃できるなんて想像もしていなかった。

1980年代のバブルは、そのままぼくの20代にぴたりと重なる。あのころの若者たちの気もちはよく覚えている。株や土地の価格が天井しらずにあがって、一部の金もちが大儲けしているらしい。でも、自分たちにはぜんぜん関係ないよ。だいたいバブルってなんなのだろう。

そういう反応がほとんどだった。きっとそれは今回のミニバブルでも変わらないだろう。

なにせR25世代は生まれて初めてのバブルを、今体験中なのだ。

最初に4割も日経平均があがったと書いたけれど、投資家のすべてがそれだけ資産を増やしたというのは、おおきな勘違い。嫉妬の必要はない。ほとんどの個人投資家は、それ以前に買った株で損をしている。1万2000円台になった現時点で、損をとりもどしたか、やや利益があがった程度というのが真相だ。もちろん2012年11月時点で余裕資金をたっぷり現預金でもっていて、すべてを買い乗せしたという魔術師のような投資家もいるのだろうが、そういう人はごくごく少数。

だいたい最初の2カ月ほど、みなアベノミクスに半信半疑だった。それはそうだ。これまで自民党内閣がおこなってきたのと、さして変わらない経済政策がならんでいた。異なる部分は、断固とした決意表明と徹底した日本銀行へのプレッシャーだけ。あとは国土強靭化という名の公共事業大盤振る舞いと、いつ成果がでるかわからない新成長戦略である。この戦略については、今のところ誰も内容がよくわかっていない。

けれど、新総理がいうとおり「政治は結果責任」だ。まだ政府がなにもしていなかろうと、成長戦略が空っぽだろうと関係ない。結果として輸出中心の大企業の業績は急回復しているし、なによりも働く人の賃金があがり始めた。この春の春闘では好調な自動車会社を中心に、ボーナスは満額回答があいつぎ、給与のベースアップを考慮中のところも多いという。ずっとさがり続けていた給料がついにあがり始めたのだ。ミニバブルだろうが、アベノミクスだろうが関係ない。やはり会社もサラリーマンも、きちんと業績と給料があがらなければ元気がでない。音楽が流れているあいだは、いっしょになって踊るというのが、バブルへの対応としては自然だろう。いつ音楽が終わるのかわからないのが、スリル満点だけれど、それは人生だって同じことだ。

ぼくが最初に株式投資を始めたのは大学4年のころだった。元手はアルバイトで稼いだ100万円。投資には保証などないので、うまくいったり、いかなかったりだけど、これほど勉強になる経済の教科書はなかった。生きて、目のまえで変化していくのだから、紙に印刷された教科書の敵ではない。

R25世代も働き始めて数年になることだろう。預金の3分の1くらいをつかって投資を始めるには、今は絶好の時期かもしれない。その場合大切なのは、人のいうことを鵜呑みにしないこと。評論家や証券マンは調子のいいことばかりいうだろう。でも、投資するお金はきみのものだし、自分の考えで投資しなければ上達の道もない。これから何十年も続くきみ個人の財産形成の過程において、株式というのは欠かせない要素だ。

ミニバブルにうまく乗れるかもしれないし、乗れないかもしれない。どちらにしても、きみは自分の体験から得た貴重なレッスンを身につける。それは今後の数十年間役に立つ最初の法則となる。投資には金儲け以上の価値がある。それがぼくの30年間で得た結論だ。無理をする必要はまったくないけれど、もうひとつ自分の武器を増やしておくのも悪くないはずだ。

（2013年3月）

20年後のために、スタート

新しい一歩を踏みだす22歳のみんな、おめでとう。その一歩がうまく運んだ人も、希望どおりにならなかった人も、同じようにおめでとう。

新しいスタートには独特の力があって、きみもこれまでとは違う新しい自分に出会うだろう。テレビでも新聞でもネットでも、ぼくたちが暮らす社会の悪いサンプルをきかない日はない。将来の展望など、ひとつも描けないと嘆く若者も多いかもしれない。

希望の就職先から漏れて、自分でも思ってもみなかった会社、それもときにブラック企業という風評がネットに流れるような会社で働く人には、単純に恐怖しかないかもしれない。正社員になれずに、非正規やアルバイトで当面しのがなければならないというきみは、さらに状況は厳しそうだ。

けれど、どこで働こうと、必ず人との出会いはある。よい会社にも嫌な上司や同僚はいるし、悪い会社にもよい人は必ずいる。まだきみはスタート地点に立ったばかりなのだ。うつむかずに、自分が立つ場所をしっかりと見すえて、まえをむいて歩いてほしい。

日本の社会も、未来も決して悪いことばかりではない。明日のことは誰にもわからないけれど、ある程度の時間が離れた未来のことは、それなりの見通しがつくものだ。

今から20年後、きみが40歳をすぎたころの日本の状況を予測してみよう。世界は多極化時代を迎えている。GDP世界1位の中国は少子化と中進国の壁に苦しみ、成長は鈍化している。世界2位のアメリカは最大の産油国となり、規模では負けるが、ひとりあたりの豊かさに揺るぎはない。ヨーロッパは現状維持のままで、いくつかの人口大国が経済的な成功を収めている。インドやメキシコやロシアやブラジルだ。中国とアメリカのどちらも超大国ではなくなり、日本はそのあいだでキャスティングボートをにぎる存在になっているだろう。

素晴らしい技術があり、勤勉な国民性が評価され、日本人のライフスタイルも東アジアでは飛び抜けて、おしゃれで快適だ。あれこれと経済的な不調を指摘されるけれど、これが外から見た日本のもっとも的確な評判である。ぼくの翻訳作品だって、中国・韓国ではよく売れている。当然だ。日本の作家の本はアジアのどの地域でも、間違いなく売れるのだから。日本の文化は上流にある。政治はともかく、文化でも経済でも、まだ日本の魅力は輝いている。近い将来世界の富の半分を占めるアジアを引っ張る国として、日本は近未来に確固として存在していることだろう。

その20年後にむかって、きみは第一歩を踏みだす。バックグラウンドは悪くない。そこで未来から逆算して、きみのこれからを考えてもらいたい。

まず、きちんと働いて稼ごう。ここがおろそかでは、どんな批判も力をもたない。自分の場所で全力をつくそう。ただそれは壊れるほど消耗することではない。自分の限界は自分で決めること。社会人になれば、誰がなんといおうとそれは自分の尺度でかまわない。

2番目に、仕事がらみでも無関係でもいいから、専門をひとつつくろう。可能なら2〜

3の専門分野を、知識でも技術でも人間関係でもいいから、身につけておこう。すぐには利益を生みそうにない趣味や研究でもかまわない。けれど20年続ければ、必ずそれが仕事につながってくる。

3番目はセンスを磨いてほしい。ファッション、本、音楽、映画、美術、旅行……目につくものはすべて自分のセンスを磨く道具になる。きみのライフスタイルが素敵なら、それがそのまま日本の力になる。ソフトパワーはひとつの国が多極化した世界を生き抜くための基本となる生命力だ。

精いっぱい働き、専門を身につけ、センスを磨いたうえで、ちょっといそがしいけれど、きちんと恋をして、可能なら結婚もしてもらいたい。それができるなら、ぼくにはきみになにも望むことはない。自分の子どもって、なかなかかわいいものだよ。とにかくスタート、おめでとう。

（2013年2月）

III

情報化と言語化が究極まで進行するこの世界では、
言葉の力はそのままタフな時代を生き抜く生存能力につながるのだ。
まず、ワンクリックやワンタッチから読書を始めてみませんか。
どんなディスプレイで読んでも本は本。
おもしろさはカケラも変わりません。

6年目のフィナーレ

ぼくのとなりにならんでいるのは、HIVポジティブ、元薬物依存、元セックス依存、発達障害、学習障害、筋ジストロフィー患者といった、この番組ではオールスターの面々。忘れてはいけない。もちろんMCのソニンちゃんとNHKアナウンサー桜井洋子さんもそろっている。南国のビーチのような極彩色のセットを背景に、東京渋谷のスタジオはまるで同窓会のような熱気でいっぱいだった。

ついに6年続いたEテレの福祉番組『ハートをつなごう』が、最後の収録を迎えたのだ。過酷な労働で有名な某公共放送らしく、なんとその日は1日3本撮り（結局6時間半！）。しかも終了後に近くのホテルで打ちあげまでつくというフルコースだった。

この番組でなぜかMCに呼ばれたぼくは、さまざまな人に出会うことになった。多くの場合、命にかかわるような深刻な病気や障害を抱えた人たちだ。そうした当事者から徹底的に話をきくというのが、シンプル極まりない制作コンセプトなのだ。この単純さが番組にもりもりと湧きあがる力を与えてくれたのである。

長い実人生に裏打ちされた力強い言葉と悲惨の底から生還した個性があるのなら、おかしな演出など一切加える必要はない。ただひたすら語りたいことを語ってもらえば、それで十分。悲しみや苦痛はそのままに、ある人間の生きる姿と明日への希望が、ときに底光りするようなユーモアとともに、きちんと視聴者に伝わるのだ。

けれど、そのシンプルなことを毎回きちんとやり切るのは、たいへんな力業だった。30分弱のオンエアのためにスタジオでは2時間ずつ収録していた。当事者はみな周囲の偏見にさらされ、孤独に生きていることが多い。そうした人たちが語る重い言葉を、2本連続で4時間もきき続けることになる。こちらにも当然、原稿の仕事がある。睡眠不足でふらふらのときに、薬物のオーバードースで自殺未遂を繰り返す少女の話に頭からどっぷりとつかるのだ。肉体よりも精神のタフネスを試される厳しい現場だった。

夜8時のゴールデンタイムといえば、どのチャンネルでも趣向をこらしたバラエティ番組でおおにぎわい。その時間帯にこれほど深く、重く、かつおもしろい企画をぶつけてきたNHKの姿勢に、ここで感謝しておきたい。

ぼくはフィクションをつくる小説家という仕事をしている。頭のなかでは、いつもなにかおもしろい素材はないかと探している。そのぼくが断言するのだから信じてほしい。どんなドラマやバラエティよりも、リアルな人間こそが最高のエンターテインメントなのだ。とくにテレビのようなつくりものの世界では、ちゃんと自分の語るべき世界と言葉をもって生きている普通の人が一番おもしろいのである。

ゲイ・レズビアン・トランスセクシャル・バイセクシャル、性同一性障害、アルツハイマー病、発達障害、ADHD、アルコール依存、ギャンブル依存、性虐待、アダルトチルドレン、うつ病、強迫神経症……どの当事者も胸を打つ言葉をきちんともって、凛とした姿勢で番組に出演してくれた。スタジオで泣かされたことも数しれない。作家としては何冊もの本になる山積みの題材を、仕事をしながら取材できてとてもためになった。

さて、6年続いた『ハートをつなごう』だけれど、4月からは装いも新たに『ハートネットTV』としてスタートします。なぜかMCとして、ぼくはひとり残ってしまった。また、これからも締切明けで、ひーひーいいながら収録にむかうことになるんだろうな。誰もが生きづらい時代の新しい福祉エンターテインメントを、春からよろしくお願いします。

（2012年3月）

ドラマと原作者の関係

いよいよ連続ドラマ『美丘』も最終回。原作者としては、ドラマの終了は淋しくもあるけれど、ひと息つける時間がもどってくる安心感もある。ふう、やっと最終回になってくれた。やれやれ。

寝そべってテレビを見ているとき、ドラマの番宣で吉高由里子ちゃんが「美丘」などと叫んだりすると、びくっと飛びあがりそうになるのだ。何度見ても、慣れることはない。それは2年D組の同級生だった実物の美丘さんも同じで、自分の名前をテレビで呼ばれ、いつもドキドキしているとメールをもらった。

高校時代のクラスメートの名前が素敵だなあと思って、それを25年もたって小説にするこちらが悪いのだけれど、同窓会であっさりと使用を許諾してくれたのだからしかたない。小説になるだけでなく、それがドラマになって……というのは、作者のぼくにも想定外なので、どうかお許しください。

ぼくの小説はなぜか映像化と相性がよくて、もう10作近く映画やドラマがつくられているのだけれど、サイン会のたびに読者に質問されることがある。キャストの選定には口をだしたのか。ストーリーの変更は許可しているのか。自分でもちゃんと見ているのか。そして、最後にちょっと皮肉な感じで微笑んで、多くの人がいう。

「石田さんは、ほんとうに自分でも気にいっているんですか」

なるほどねえ、そういうところに読者としては興味があるんだなあ。順番にこたえていくと、キャストに注文は別につけません。自分の好きな女優男優を推すことなんてないし、主演女優を自宅に呼びつけるなんて川端康成みたいなこともしたことがない。まあ、こちらはあんなに偉い先生ではないからね。

ストーリーの変更は映像化の場合、避けてとおれないものだ。連続ドラマなら10時間、映画なら2時間のなかに長篇小説ひとつ分のストーリーと情報をそのまま押しこむのはとても不可能で、映像的な観点から、編集や改変が欠かせないのだ。ぼくがよくつかう一人称の文体は映像での再現は完全に不可能である。一人称カメラの映画なんて、見にくいことこのうえないからね。言葉と映像というのは、同じようにストーリーをのせるメディアではあるけれど、まったく別もので、仕上がりやイメージが異なるのは、当然のことなのだ。

最後の質問には、そのときそのときの結果で好き嫌いは分かれるというこたえになる。今では映像化もすっかり慣れてしまったけれど、デビュー作『池袋ウエストゲートパーク』が初めてドラマ化されたときは、ぼく自身衝撃的だった。ドラマ自体は素晴らしく切れがよくておもしろかったけど、テレビ局への抗議の電話は鳴りやまないし、初回放映の4月14日には赤ん坊まで生まれたのだ。病院帰りで眠い目をこすりながらリアルタイムでオンエアを見たのは、今では懐かしい思い出だ。

今回の『美丘』は12歳と10歳になった子どもたちといっしょにほとんど土曜の夜に見た。

長男がドラマを見ながら泣いているのを、横目で盗み見たりすると、まあ父親の仕事の一部でも理解してくれているのかなあと、ちょっとうれしくなったりもする。

ぼくにはささやかな夢がある。いつか年をとって仕事がひまになったら、映像化された全作品を1週間くらいかけてのんびり見直してみたいのだ。寝そべって、ビールとポテトチップでも片手に。今のところ60時間分くらいあるから、まとまった休みでもなければ、とてもそんな贅沢はできないけれど。

来週の土曜には『美丘』の打ちあげだと先ほどファックスが届いた。すっかり吉高さんのファンになった子どもたちを連れて、ぼくも顔をだしてこようと思っている。ちなみに恒例のビンゴゲームの石田衣良賞は、現金10万円いりの熨斗《のし》袋が3本。猛暑の夏に炎天下で撮影をがんばってくれた若いスタッフにあたるといいのだけれど。

（2010年9月）

ビートルズ再訪

なかなか原稿がすすまずにうんざりしながら机にむかっているとき、本棚に突っこんである黒い箱が目についた。買ったまま忘れていたザ・ビートルズのリマスター版ボックスセットだ。ＣＤが全部で16枚もはいっている。これを順番にかけながら、仕事でもしてみるか。どうせ書けないだろうけど、退屈しのぎにはなるだろう。

ぼくがポップスをかじるようになったのは１９７３年、ビートルズが解散してからだいぶたっていた。しかも、ぼくは天邪鬼なので世界最高のロックバンドという称号が嫌いだった。活動中の素晴らしいバンドはほかにいくらでもある。なにもビートルズなんかきかなくても別にいいや。

そう思っていたビートルズ不感症のぼくが、50年近くまえのアルバムを一枚ずつきいていったのである。これが実におもしろかった。CDをとり替える手がとまらなくなる。初期(デビュー作から5枚目の「ヘルプ!」まで)はイギリスの港町リバプールのアイドルバンドにすぎなかった。モータウンの黒人音楽にあこがれるルックスのいい4人組が演奏するのは、2分半のビートの効いたいかしたロックンロールだ。

それが6枚目の「ラバー・ソウル」から変わっていく。60年代の異議申し立て運動やサイケデリックムーブメントに煽られるように、バンドは自己改革を重ね、表現に深みが増していく。もうただのアイドルとはいわせない、そんな気迫に満ちている。「サージェント・ペパーズ・ロンリー・ハーツ・クラブ・バンド」までの3作品が絶頂期だろう。ロックになにができるか、音楽表現だけでなくスタジオの録音技術もふくめて、目覚ましい進化を遂げていく。

けれどバンドとしての一体感があったのはそこまで。つぎの「マジカル・ミステリー・ツアー」から爛熟期が始まる。楽曲のクオリティは底なしにあがっていくが、方向性はばらばらになる。最後の「レット・イット・ビー」が発売されたのが70年で、この年に「世界最高のロックバンド」は解散することになる。

ぼくなりにビートルズの魅力を考えると、やはり最大のポイントはポール・マッカートニーのメロディとポップセンスだ。ただそこにジョン・レノンの時代を見る目と社会性が加わらなければ、反抗の60年代にスーパースターになることは不可能だったのも確かだ。ビートルズのスローナンバーのほとんどは、クレジットはレノン・マッカートニーだが、ほぼポール単独の作品だ。時代の粗熱がとれてしまえば、やはりポールの音楽性が、ジョンの哲学性をしのいでいるというのが正当な評価ではないか。

そこにギター小僧のジョージ・ハリスンとリンゴ・スターのユーモラスな存在感が加わって、ビートルズの複合体は完成する。あらためて全作品をきいて、このバンドがつねに皮肉なユーモアを忘れないところに、ぼくは感心した。世界中の若者の期待とビジネス的な成功を求められ、プレッシャーはでたらめだったのだから、それでも壊れない4人の組みあわせはやはり奇跡的だ。

どのジャンルでも、その創成期にすべての可能性を実現してしまう巨人があらわれる。ロックのビートルズ、ソウルのスティービー・ワンダー、クラシックならバッハ、交響曲ならベートーヴェンの全9作品（そうそう日本の近代小説なら定番だけど夏目漱石）。

そうした巨人の作品を一枚ずつ歴史を追ってきいていくのは、こたえられない大人のたのしみだ。携帯音楽プレーヤーで気にいったヒット曲だけちょいぎきするのはそろそろ卒業しよう。パッケージソフトにきちんとお金をつかうというのは悪くない習慣だし、やはり感動やよろこびの深さ豊かさが違ってくる。さて、つぎに書けなくなったらなにをきこう。今ぼくの机のうえには50年代のジャズのCDが60枚ほど積んである。ふふふ、これなら締切も怖くないなあ。

（2010年11月）

ＡＫＢ48を考える

このコラムを交互に担当する髙橋秀実さんが、ＡＫＢ48について書いたところ、よくもわるくも大反響だったという。ふふふ、なんだかおもしろそうですね。というわけで、ぼくも社会現象になったＡＫＢについて書いてみることにした。抗議も賛意も、どしどし送ってください。いいたいことを勝手にいっていいのが、言論の自由なのだ。

だいたいＮＨＫニュースでまでアイドルグループの選挙イベントを流すなんて気もちわるいよね。バランス感覚を失っている。誰かがはっきり指摘したほうがいい。それは単なる美少女ビジネスにすぎない。ただの金儲けだ、あまり騒ぐことないよって。

ぼくはＡＫＢ48のメンバー４〜５人とテレビ番組の収録でいっしょになったことがある

と（たぶん）思う。あまり興味がないので、顔と名前が一致しなくて、誰と共演したのかは覚えていない。みな感じのいい女の子で、とくにかわいいともオーラがあるとも感じなかった。タレント個々については、好感情も悪感情もない。まだ若いのに生き馬の目を抜く芸能界で、けなげにがんばっているなと感心するだけだ。

ＡＫＢのビジネスモデルの背景には、縮小を続ける音楽芸能ビジネスという時代性がある。ＡＫＢはデフレ下のアイドルなのだ。芸能のマーケットがシュリンクして、ＣＤは全盛期の３分の１しか売れなくなった。ならば、毎日のライブで日銭を稼ぎ、熱狂的なファンを高回転させればいい。シングルＣＤにつける投票券というのは、抜け目ないアイディアだ。１枚あればいいはずの新曲を投票券プラスで果てしなく重複買いさせる。頭のいい大人はうまいことを考えるものだ。

ソロのタレントではアイドル冬の時代は厳しい。そこで数を頼みに、まとめ売りでいく。２００人もいれば、なかにはきっと抜群の人気を集める少女もでてくることだろう。ぼくはＡＫＢの成功の鍵は、この「数を頼む戦略」にあったと思う。各自が生き残りのためにがんばり、独自のセールスポイントを磨き、個性化を図る。グループ内での競争原理が発揮され、規制に守られたオールドジャパンの名門企業群より、ずっと健全な資本の論理が貫かれている。その数のおかげで、地方分権にもなんなく対応できる。東京・名古屋・大阪・博多と地方に根づいたグループを育て、地域間競争を煽れるのだ。ほんとにうまくできた集金システムだ。

ぼくが違和感を覚えるのは、あまりに厳しすぎる競争原理についてだ。自分の女性としての魅力、アイドルの輝きを、最後の一票単位まで選挙では公開されてしまう。8位の自分は7位の彼女より、ジャスト4000ポイント負けている。毎回順位の変動があるから、選挙を続ける限り終わりのない好感度競争から抜けられない。

その女の子を応援するのが、デフレ下で大量に非正規雇用化している若い男性というのが、皮肉な哀感を誘う。何年たっても給料もスキルも上昇しにくい契約労働の男子が、ぎりぎりの競争を強いられた女子を必死で応援する。なけなしの生活費から、数十枚というCDの対価をしぼりだすのだ。得られる利益は、プロダクションやスポンサーなど陰にいる大人たちのものだ。やれやれ。
なんだか救われない話になってきたなあ。最後にひと言。アイドルの処女信仰は気もちわるいから、もうやめませんか。ぼくのしる限りかわいい子、美人には95％以上の確率で恋人がいる。交際の過去があばかれるたびに、ファンを裏切ったと騒ぐのは、なんだかお尻がむずがゆくなる。恋や性が不潔で許せないなんて幼稚な押しつけで、アイドルを応援しないほうが、精神衛生上もいいと思うよ。

（2012年7月）

殺人者とは誰か？

3年半がかりでこつこつ書いてきた長篇『北斗』がようやく本になった。ぼくのもっとも厚い本で、デビューして15年間で一番苦労した作品だ。この本を書くきっかけは「殺人を犯すのはどういう人間なのか」というシンプルな疑問だった。ぼくやあなたとはまったく別な種類の人間だろうか。

ぼくたちはよく凶悪な犯人にいう。あんなことをするのは人間じゃない。ぼくはこの言葉が昔から大嫌いだった。どんな残酷なことも、立派なこともするのが人間である。人のことをかんたんに「人ではない」と切り捨てるのは、あまりに浅く狭い考えではないか。関西の芸人から広まった「死ね！」という言葉にも同じような違和感を覚える。どちらも決定的に相手を否定し、葬り去る言葉だ。

　そこで殺人事件の犯人について調べてみた。海外スリラーのような快楽のための連続殺人犯は、当然ながら日本では数すくない。また犯罪組織の構成員や強盗などが犯す、いってみれば業務上の殺人もとり除いてみよう。残された殺人事件の半分が、家族間の尊属殺人だった。こちらも「普通」の殺人者のイメージからは遠い。そうして最後に残されたのが、一般の人間が一時の激情や怨恨に駆られて家族以外の人間を殺害する事件だった。

　その手の「普通」の殺人者には驚くほどの共通点がある。まず複雑な家庭環境に育った者が多い。幼いころから続く貧しさと過酷な虐待など、成育条件が劣悪なのだ。しかし環境につぶされてしまう気の弱いタイプは、殺人者にはならない。逆境に耐えながら、ある種の強い自我と高い自己評価を保持している人間がほとんどである。殺人には多大な精神的エネルギーと肉体的労力を必要とする。この力が殺人ではなく、プラスの方向につかえれば実社会できちんと業績をあげていただろう。彼らは成育歴のせいか自己中心的で、悪いのは社会や敵対する相手であると信じこみやすい他罰的な傾向がある。そこでなにかトラブルが発生して、幼いころからの怒りや恨みが、一気に被害者にむかう。それが殺人事件のもっとも一般的なパターンだ。

殺人者が人を殺そうと決めてからも、ひと筋縄ではいかない。人を殺すまえは未来の殺人者も、「普通」の人である。殺人は社会的な自殺に等しいので、犯行にむかう心も揺れるのだ。たいていの殺人事件には、恐ろしい悪運としかいいようのない偶然がからんでいることが多い。殺してやろうと憎んでいた相手がいきなり家にやってくる。凶器が流れ着くようにやすやすと手にはいってしまう。大切な人が亡くなり、殺人のストッパーが突然消え去る。こうした悪い偶然がふたつみっつと重なって、背中を押されるように殺人という最大の重罪に追いこまれていくのだ。

ぼくはとある事件のフレームワークを借りて、殺人の典型をひとつの小説に圧縮することにした。犯人あてクイズのための殺人とは違い、大人の読者が納得するような形で、ふたりの人を殺し、裁かれる人間を描くのは、恐ろしい力業だった。最後まで書きあげるのは困難かもしれないと心が折れそうになったこともある。それでも一冊の本になれば、すべて報われるのだ。

『北斗』を書いて、登場人物の20年間の成長を描きながら考えたぼくの結論は、最初の疑問と同じようにシンプルだった。殺人者はぼくやあなたと同じ普通の人間だ。そういう人間がさまざまな不運のせいでときに殺人を犯すことがある。ぼくたちのなかにも悪はあり、いつ転落がやってくるかわからない。人には「人間でない」人などいないのだ。

それは希望であり、同時に恐怖の言葉でもあるのだけれど。


（2012年11月）

1年後の電子の本

去年2010年は電子書籍元年だったという。あれから1年、iPadをはじめとするタブレットPCがでそろって、iPhoneやアンドロイド携帯などスマートフォンが大ブレイク。日本の総合家電メーカーも、電子書籍を主な目的とする端末を続々と発売している。本命のアマゾンストアの日本上陸も近いという噂だ（こちらは再販制度もからんで出版社との交渉が難航中、核心は価格決定権をどちらがもつか）。

さて、元年から丸1年の結果はどうなったのでしょうかというのが、今回のテーマ。で、単刀直入にいおう。

日本の電子書籍マーケットは、じりじりと、だが確実に成長している。今のところ市場規模はちいさいけれど、将来有望なのは間違いない。それを証明する個人的なデータがあるのだ。

ぼくの電子書籍の印税は、これまでずっと5桁単位だった。高校生のアルバイト程度で、振込があっても気にもとめていなかった。内訳はほとんどが携帯電話で読む従来型の電子配信によるものだ。それがこの秋、いきなり桁がふたつ変わったのである。100万円を超える、身に覚えのないこの振込はいったいなんだろう。不思議に思っていたら、翌日振込通知が届いた。

とある出版社が電子書籍のストアで、『池袋ウエストゲートパーク』など過去のぼくの著作を一気に販売したのだ。それが数百部、数千部と積み重なっていつのまにかそれだけの印税になっていたのである。そうか、電子書籍もきちんと本の市場として動き始めているんだ。作家の側に、そう確信させるに十分な出来事だった。

音楽や映画のようなほかのエンターテインメントにくらべ、書籍の場合紙の本が圧倒的に強く、これまでなかなか新しいメディアが登場してこなかった。ワンコインで買える文庫本という究極のコストパフォーマンスを誇る日本独自のフォーマットもある。

けれど、書籍の売上が10年以上も連続して縮小している今、本の世界を広げる新チャンネルが待ち望まれていた。電子書籍が売れたからといって、紙の本がダメになることは日本ではまずないだろう。近くの本屋まで自動車で数時間もかかるというわけではなく、ほとんどの都市部でリアル書店のネットワークは圧倒的に充実している。海外では電子と紙の両方がウインウインの関係（なんだか怪しい言葉ですね、これ）で、売上を伸ばしているともいう。

ぼくも手元に届けられた国産の新型端末で、あれこれと本を読んでみた。eペーパーは目にやさしく、さして疲労もなく40ページほどの短篇ならひと息で読むことができた。ページをめくる反応も速く、ストレスは感じない。読みさしのページの耳を折ることもできるし、わからない言葉はページを開いたまま辞書を引くこともできる。ネットであちこちの電子書籍ストアをのぞいてみると、まだまだコミックやＢＬが圧倒的に強いようだけれど、ビジネス書や文芸書も健闘しているようだ。

これは電子書籍だけでなく、実際の生活でも同じなのだけれど、なぜかぼくたちはリアルとヴァーチャルが対立関係にあると錯覚することが多い。でも、実際に目のまえで起きていることは、まったく逆なのだ。ほとんどのリア充は、日々のリアルな暮らしだけでなく、ネットや電子書籍の世界でも充実したデジタルライフを送っているものだ。

みんなもリアルな紙の本と電子書籍を状況に応じてつかい分け、リアルライフの充実と言葉の力を磨いてください。情報化と言語化が究極まで進行するこの世界では、言葉の力はそのままタフな時代を生き抜く生存能力につながるのだ。まず、ワンクリックやワンタッチから読書を始めてみませんか。どんなディスプレイで読んでも本は本。おもしろさはカケラも変わりません。

（2011年12月）

電子黒船、来航！

電子書籍元年はいったい何年あったのだろう？　毎年のように今年こそはといわれてきたが、日本の市場はなかなか立ち上がらなかった。ぼくのところにも数度しか使用されなかった端末が何台もたまっている。都市化がすすみ、書店のネットワークが充実した日本では、電子書籍は無理なのではないか。そうあきらめかけたこともあった。

けれど、２０１３年は様子が違うようだ。昨秋にはアマゾンのキンドルが、この3月にアップルが電子書籍をついに日本に導入した。アメリカでは出版界全体のほぼ2割を電子書籍が占めているという。ハードもソフトも厳しい市場で鍛え抜かれてきたものだ。いよいよ本命の登場である。

遅ればせながら、ぼくも電子書籍の読書がどういう体験か試すために、初めて端末を自腹で購入することにした。あれこれとくらべたすえに選んだのは、アマゾンのキンドルファイアＨＤ。アップルの小型版ｉＰａｄでもよかったけれど、より電子書籍に特化したものを選んでみた。それになにを隠そう、ぼくはアマゾンのヘビーユーザーでもある。書籍だけでなく、洗剤やお米やティッシュペーパーなんかを、いつでも注文できるのはやはり便利だ。

電子ペーパー搭載機を選ばなかったのは、カラーの液晶画面で雑誌をきちんと読んでみたかったため。ＰＣ評論家は電子ペーパーのほうが液晶より目が疲れにくいというけれど、ぼくはあまり差がないと考えている。毎日何時間もパソコンのカラー液晶画面をにらんで文章を書いているが、それでとくに疲れるわけでもない。周囲の状況に応じて、液晶画面の明るさを抑えれば、目の疲労はそれほど感じないものだ。

Ｗｉ－Ｆｉ経由でほんの数十秒で気になる本を買えるのは、ほんとうに便利だ。しかもキンドルは通信費が無料である。月々の負担も、契約の必要もない。わが家では３階のテラスまでいかないと電波が悪くて、つかいものにならないのが不便ではあるが。それでも書評で興味を引かれ、数分後にはその本を読んでいる！というのは、実に新鮮な体験だ。待ち時間は感覚的にはほぼゼロである。

書きこみやアンダーラインは手間がかかって不可だが、ページの耳を折るドッグイヤーは軽くタップするだけなので実用的だ。ぼくは紙の本の読書でも耳を折る癖があるので、これはうれしい発見だった。

この2週間ほどで、マンガや雑誌をふくめて十数冊読んだ結論として、電子書籍には明確な存在意義があると、ぼくは思う。携帯性のよさ（旅先に数十冊の本をもっていける）、購入のスピーディさ（アマゾンの流通網でもかなわない）、読書しながら電子辞書を併用できる便利さ、そしてなによりも電子端末で本を読むことの違和感が最低限に抑えられていたことが素晴らしい。もちろん紙の本は言葉と情報を容れる器として、人類が生んだ最高傑作であるのは間違いない。けれど、電子書籍未体験ならば、ぜひ試す価値がある。それはぼくが保証してもいい。

これだけ優れた電子書籍端末だが、問題点もすくなくない。まず本の数が圧倒的にすくない。品揃えが5万や10万程度では、本好きを満足させるには不十分だ。それに値づけがまだ高い。既得権益を守るために、出版界は恐るおそる片足だけ踏みだしているように見える。ぼくが心配しているのは、音楽配信でソニーが犯したミスがまた繰り返されないかということだ。変化を怖がり手を引いて見ているうちに市場が成熟してルールが変わり、後発の苦労を味わう。電子書籍は始まったばかりのころの音楽配信によく似ている。

短い期間だけれど、ぼくの実験では電子書籍を読んでも、紙の本を購入する頻度は変わらなかった。紙と電子は敵ではない。うまく育てれば、どちらもともに伸びる道がある。電子書籍はこの10年ほど縮小続きだった出版市場が成長力をとりもどす起爆剤になるはずだ。

（2013年4月）

デジタル革命が破壊する表現の世界

遅ればせながら、ウインドウズ8にふれてみた。スマートフォンやタブレットで先行したタッチ機能を強化したマイクロソフトの新ＯＳだ。ぼくが体験したのは東芝のダイナブックで、ディスプレイは精細、着脱も簡単。普段はタブレットとして使用し、大量の文字入力が必要なときにはノートパソコンに変身するデタッチャブル型である。

新しいパソコンに文字通りふれながら、ぼくは考えていた。もう機能としてはすでに十分。なにせ、小説家稼業ではワープロソフトとメール機能、あとはネット検索くらいしか出番がない。写真の管理や修正もしないし、まだハイレゾ音源など音楽のデジタル配信にもトライしていない。デザインや映像編集などまったくお呼びでないのだ。きっと性能の数十分の一も使っていないだろう。作家には原始時代のパソコンで十分なのである。

しみじみと感じたのは、パソコンの機能はくるところまできてしまったということだった。ぼくが初めて自分のパソコンを買ったのはマッキントッシュのクアドラで、もう20年以上昔になる。現在のPCとは比較にならない性能で、すぐにフリーズする割には、馬鹿みたいに高価だった。広告業界にいたので、マック以外の選択肢はなかったのだ。デザイナーの友人はみなふうふういいながら、仕事のために数百万円も出費してシステムを組み上げていた。デジタルデザイン初期の、今となっては神話のようなエピソードだ。

コンピュータの革命的なところは、すべてをデジタルで処理できるというラディカルさにある。これがどれほどの驚異か、ぼくたちは今もなかなか理解できない。文字、映像、音声をデジタルデータに変換し、すべてを等価に扱う。データには一切の差異は存在しない。それを高速ネットで結ぶとなにが起きるか。

誰もがクリエーターになれるし、誰もが出版社やレコード会社になれるのだ。本やCDやDVDのようなパッケージメディアが不要になれば、流通のコストは限りなくゼロにできる。音楽産業はデジタルに根こそぎ変えられてしまった。ＣＤはダウンロードや違法配信で売れなくなり、その変化を後押ししたｉチューンズさえ、今では定額制の聴き放題ストリーミングサイトに席を譲ろうとしている。映像の世界も同じで、Ｈｕｌｕのような定額制の見放題サービスが近い将来、主流になるだろう。

ぼくの属する出版の世界でも流れはまったく変わらない。紙の本から電子書籍へ。この変化だけでも本の流通にとっては厳しかった。書店は電子配信やネット書店に押され、続々と姿を消している。そのうえ本の世界でも定額制の読み放題サービスが始まろうとしている。

ぼくが危機感を覚えるのは、そこだ。ＣＤが売れなくなり、音楽だけでは生活できない音楽家ばかりになってしまった。収入はライブ公演や物販に移った。けれど作家にはライブはない。書いているところを公開しても、なにもおもしろくなどない。原稿料と印税以外の収入は存在しないのだ。

ぼくは音楽で起きたカタストロフが、将来的には本の世界でも同じように起きると予測する。作家の半分から3分の2が本を書くことでは生活できなくなり、職業作家は時代遅れの仕事になるだろう。プロとアマの境界は淡くなり、誰でも容易に創作活動ができる代わり、作品のレベルは低くなっていく。ときに目覚ましく優れた傑作があらわれることもあるが、たいていはネットに浮かんでは消える月並みなうたかただ。

試しにキンドルで著作権の切れた作家の全集を探すと、200円程度で全生涯の作品を読むことができる。コンパクトなデジタルの小説缶詰だ。まあ、そんな本の新時代が到来するのは数十年後で、ぼくはきっと小説を書いていないだろうけれど。ラディカルで革命的で無駄がない。それが単純に「よい」ことなのか、立ち止まって考える時間はもう残りすくない。

（2013年7月）

Ⅳ

愛国心は甘く口あたりがいいけれど、
アルコール濃度の高い酒に似ている。量を間違うと、
ひどく酩酊しやすく、ときに人の命まで奪うことがある。
今の日本社会がどれくらい酔っ払っているのか、
ぼくたちは冷静に観察しておく必要がある。

政治家、それとも小説家?

石原さんが都知事を辞職してからの動きは目まぐるしかった。あっという間に太陽の党を設立したかと思うと、減税日本と組むといい、最終的には減税を振って日本維新の会へ合流し、太陽の党は釣瓶落としの自然解消を迎えた。第三極連合を形にできれば、あとは清濁あわせのむというつもりなのだろうが、肝心の政策は保守の石原慎太郎と新自由主義の橋下徹とでは180度異なる。この連合は拙速に過ぎたのではないか。

そもそも石原慎太郎というのは、どういう人なのだろう。ぼく自身の勉強のためにも、ちょっとこの政治家の過去を検証してみよう。まず都知事だった13年間の業績から。プラスは、中央環状品川線を開通させたこと、羽田空港の国際線化と再拡張、それに都の借金を7兆6000億円から2兆円近く減らしたこと。さすがに元運輸大臣らしく、交通行政で点を稼いでいる。

もちろんミスも同じくらいある。横田基地の米軍との運営共用化はかけ声だけに終わった。お台場のカジノ計画も、オリンピック招致も失敗。新銀行東京は素人が巨額の資金を貸しだす困難さを明示し、1000億円の累損をだしたうえに400億円の追加出資をおこなった。こちらはまだ出血が続いていて、再々出資の噂もある。

そうしたよく話題にのぼる光と影だけでなく、石原さんにはおおきな過失がふたつ存在するとぼくは思う。ひとつは1999年のディーゼル車バッシングだ。煤《すす》のはいった小瓶を振りながら、「都内ではディーゼル車に乗らない、買わない、売らない」と盛大にやった。あれから10年でディーゼルエンジンの技術は長足の進歩を遂げた。ヨーロッパで市販乗用車の半数以上がディーゼルなのは、クルマ好きのあいだでは有名な話。もともと燃焼効率が高く、低燃費でトルクのあるディーゼルエンジンはよい素質をもっていた。石原さんの会見で、日本のディーゼル技術は、ドイツ車から10年遅れた。まだこの遅れはとりもどせていないのだ。

つぎになんといっても記憶に新しい都の尖閣諸島購入問題である。あんな孤島を寄付金を集めて買いとると騒ぎを起こしたものだから、中国のナショナリズムに火をつけてしまった。騒動の火元が石原さんにあるのは、誰の目にも明らかだ。実効支配していた島を領土問題として、世界中に認知させてしまったのは過失中の過失といってもいい。中国で日本企業が受けた損害が100億円にのぼり、自動車産業は数百どころか数千億円のマイナスを蒙《こうむ》ることだろう。政治家は結果責任を問われる。この損害だけでも通常の政治家なら、首を斬られているはずだが、なぜかこの80歳は強運だ。

あれこれと調べているうちに、石原さんの政治手法が見えてきた。この人の主戦場は議会ではなく、記者会見の場なのだ。誰もがふれたくないデリケートな問題をとりあげ、極論の花火を打ちあげる。ただしピークの能力は会見場で発揮され、その後の政策実現では足元が不確かになる。政治家に本来求められる地道な折衝とか妥協とか根回しなど、汗をかくことができない性格なのだろう。それが懐かしの自民党若手「サンフレッチェ」(ほかは橋本龍太郎、河野洋平）のうち、石原さんただひとりが総裁になれなかった理由なのだろう。

この手の派手な花火を打ちあげる手法って、ほかの商売でも見覚えがあるなあと思ったら、なんのことはない「小説家」という人種がそうだった。斬新な視点でスキャンダラスな作品を打ちだすのは得意だが、話題になればあとは野となれ山となれ。つぎに世間の耳目を集めるイッシューに貪欲に飛びついていく。石原さんの行動パターンはいまだに、政治家であるよりも小説家的だと、ぼくは思う。なにはともあれ、東京の王様が維新の会の代表として、日本の顔になれるのか、師走のいそがしいときにやってくる若干迷惑な総選挙の結果を心して待ちたい。

（２０１２年12月）

政治を鞭打つ音

第46回衆院総選挙の結果は自民・公明で3分の2をうわまわる議席を獲得、再び政権復帰を実現した。これが安定した二大政党制によるスムーズな政権交代で、ぼくたちが夢見た理想形だという有権者はひとりもいないだろう。

選挙速報を伝えるテレビからきこえたのは、政治を鞭打つ音だった。自民党が勝ったのではなく、民主党（とそこから分離した日本未来の党）が爆発的に負けたのだ。もっとも的確な批評は次世代のホープ・小泉進次郎のものだった。彼はいう。自民に風はまったく吹いていなかった。民主はもう嫌だという空気があっただけだ。第三極も数が多すぎて、力が分散してしまった。ぼくもそのとおりだと思う。今回の選挙に勝者はいない。国民は政権党を罰したかった。ただそれだけ。自民党が大勝に酔うようなら、つぎの爆縮は不可避である。

正直にいおう。ぼくたち日本人は政治と政治家という人種を軽蔑している。尊敬も、信頼も、あこがれもない。政治など目立ちたがりで権力好きの迷惑な人がやる仕事だと心の底で思っている。金と利権が欲しいときだけすり寄り、普段はまったく無関心で、選挙のときは腹いせに鞭や棍棒のように一票を振るう。それが一般的な有権者の姿である。罰ゲームのような選挙で、政治は改善されるのか。政治の問題はそのまま有権者の問題である。今回の投票率は前回から10ポイントほどさがり、60パーセントを切ったという。誰が首相になろうが、この国は変わらないというあきらめと悲鳴がきこえてこないだろうか。

小選挙区比例代表制というシステムの特性もあって、極端に結果が一方にぶれやすい中間点のない振り子のような選挙が、これからも続くだろう。つぎの10年間、選挙をあと3〜4回経ればほんとうの意味での二大政党制に落ち着きがでるのかもしれない。それまでに政治への軽蔑をなんとかしなければならない。政治家も有権者も、ひそかにおたがいを馬鹿だと見なしているようでは、日本の未来は果てしなく暗い。元グラビアアイドルとか、元スポーツ選手とか、元アナウンサーとか、元コメディアンの候補や政治家は、もうたくさんである。

さて結果がはっきりしたところで、つぎは自公政権の未来予測をしてみよう。安倍総裁の発言で株高円安の流れがマーケットに定着した。日本の貿易収支は赤字に転落したので、この流れはしばらく続くだろう。もう円は安全な避難先ではなくなった。輸出企業と外国のファンドにはいい傾向だけれど、今回の株高では国内投資家のほとんどが利益をあげていない。スピードが速すぎ、乗り遅れたのだ。一般に外国の投資家は日本の政治を買いかぶる傾向にある。次期政権が果断な政策を実行し、20年続くデフレ不況から脱出するという期待は、残念ながら空振りに終わるだろう。株高円安で企業はひと息つけるが、本格的なデフレ脱却は遠い。

日本銀行の国債買い取り、マイナス金利、200兆円の公共投資は、それなりの効果しかない。手術もせず病巣をそのまま残して、大量のビタミン剤投与で悪性腫瘍を治そうというのと同じだ。金融政策と公共投資は対症療法にすぎず、デフレをとめる効果がないのは、過去の自民党政権が証明している。愛国教育とか、毅然とした外交とか、自衛隊の国防軍化などは、保守派の好きなブリキの玩具にすぎない。愚かなテーマに力を注いでいるひまはないのだ。つぎの懲罰選挙と政権交代へのカウントダウンは、この瞬間からすでに始まっている。

ぼくたちはそろそろ覚悟を固めたほうがいいのだ。明日この国が生まれ変わる魔法の呪文のような政策など存在しない。しんどいけれど、飽きずあきらめずに政治にむきあい、目のまえにある仕事に懸命に取り組み、恋をして子どもを増やしていく。この国の明るい未来のためには、ひとりひとりが毎日をしっかりと生きていくしかない。問題の根源は少子化と成長率の鈍化である。国が老いるというのは、そういうことだ。

政治の限界を見極めたうえで、政治家をサポートする。つぎの選挙で試されるのは有権者の賢さになるだろう。

（2013年1月）

参院選挙のジャストアンサー

絶妙な結果！

日本の民意はなかなかにしたたかで、ほぼ理想的なバランスを発揮した。今回の参議院選挙に関しては、そういうしかない気がする。

新しい参議院の勢力図はつぎのとおり。圧勝した自民が115議席。過半数には届かないけれど、連立政権を組む公明党の20議席を加えれば、衆議院とのねじれ状態は解消し、安倍内閣にほぼフリーハンドの政権運営能力を与えた。

ただし、憲法改正に必要な3分の2には、自民・みんな・維新の改憲勢力をあわせても届かなかった。維新が橋下市長の慰安婦失言により失速したマイナスが大きい。ここでも公明の20議席を加えれば3分の2に達するけれど、公明は憲法改正については非常に消極的だ。安倍総理も96条の先行改正については、慎重にならざるを得ないだろう。民意をひと言でいえばこうなる。

「安倍さんに経済の舵とりはまかせた。アベノミクスは存分にやってもらいたい。でも、憲法みたいに最重要の課題については、勝手にさわるなよ」

有権者は気まぐれで軽薄だという意見もある。だが、今回はなかなか味のある大人の選択を示したといえないだろうか。低投票率で、またも組織票の強いサプライズに欠けた選挙だったが、終わってみればそう悪くないバランスで、落ち着くべきところに落ち着いたようだ。

ここで、ぼく自身の憲法に対する態度を表明しておこう。憲法が国と法を縛る根本となる基本法で、その国の在りかたを規定することは明白だ。だが、人が言葉でつくった法である以上、改正することも改悪することも可能だとぼくは思っている。そうなると、どんな人が憲法をいじるのかという改定者の資質の問題がクローズアップされてくる。

はっきりいって、自民党の2世3世政治家は軽すぎて、この難題は荷が重い。お坊ちゃん政治家がお父さんやお祖父ちゃんの無念を晴らすためか、やけに復古調の草案を提出したけれど、民主主義の歴史を一世紀逆回転させたような内容だ。仮に改正が実現されるようなら、世界の笑いものになるだろう。公の秩序と国の体制を至上のものとしているが、基本的人権やひとりひとりの国民がなぜそれほど怖いのだろうか。政府にものがいえない中国のような独裁政権が、本音ではあの人たちの理想なのか。体制安定のために個人の権利が著しく制限されるというのは共産主義国の特徴だが、日本の保守政治家はそんな国の在りかたを本気で望んでいるのか。この国の民主主義や国民の福祉を、世界に先駆け一歩前進させるといったまえむきのスケール感はゼロである。ずいぶんと為政者に都合のいい小粒な草案だ。書いた言葉には、書き手の人品があらわれるというが、まさにそのとおり。

中国の憲法は、自民の草案と同じように、「国民」ではなく「国」を主語にして始まっているという。アメリカに押しつけられて嫌だから、今度は中国の真似をしようでは話にならない（それともこれが東アジア的な立憲制か）。それくらいなら、現行憲法のほうが完璧でなくとも、ずいぶんとましだろう。

さて、今回の結果を受けて安倍総理の長期政権がほぼ決定した。アベノミクス第三の矢の実現に全力をつくしてもらいたい。ぼくも不景気は大嫌いなので、株価だけだろうとボーナスだけだろうと、あがる分に文句はない。有権者の民意から、最重要課題は改憲でなく、経済運営だとはっきりしたはずだ。

この点については、安倍さんにではなく国民にいいたいこともある。経済を成長させるのは、政治ではなく国民だ。長期デフレ不況に慣れすぎて、政府にばかり頼ろうとする人が増えてしまった。自分で動かず、政府に文句ばかりいう。第三の矢は最初から幻想なのだ。どこの国の政府にも経済成長を押しあげる魔法の力などない。国民の革新と勤労が、幻の矢を現実にするのだ。

さあ、明日からみんなでがんばって働こう。ぼくも締切、なんとか守ります。

（2013年8月）

世界のデモ嵐

世界中でデモの嵐が吹き荒れた1年だった。アメリカでは、金融資本主義の中心・ウォール街で、所得格差反対のデモ。こちらは1カ月を超えて、現在も進行中。主張はシンプルで、「銀行家だけ救って、どうして失業中の若者を放置するんだ、不公平だ」というもの。日本でも事態はあまり変わらない。このデモが起きてもおかしくないなあ。

ギリシャでは全土で反政府デモ。財政破綻ぎりぎりなのに不思議だけれど、「国の財布が苦しいのはわかる、でも増税も給与カットも嫌だもんね」というわがままな主張。日本でもこの意見はみんな胸に秘めていると思うけど、あまり口にはしないなあ。みんなまじめに国の将来を考えているのだ。震災がなければ、所得税も消費税もあげるなんていえなかっただろう。

ギリシャのデモで驚いたことがひとつ。あんなふうに人を狙って火炎ビンを投げるのは、衝撃だった。相手は警察官だけれど、非番の日はその警官当人も公務員の減給反対のため、デモに加わっているという。いやはや、二度びっくり。『その男ゾルバ』の国は、激しい国だ。

そして中東ではドミノ倒しのように政権がひっくり返ったジャスミン革命のデモ。「もうこれ以上、長期独裁は耐えられない、自由をわれらに」という、こちらはしごくまっとうな主張だ。

この30年の日本なら、世界の流れから完全にとり残されるところだけれど、今年は震災とフクシマがあった。なんと東京でも、原発反対をテーマとしたデモが何度も起こったのである。マスコミ関係の知人にきいてみると、これまでのように革新系団体が組織したものではなく、自然発生的だったとのこと。これもツイッターやフェイスブックから生まれた新しいデモのスタイルなのだろう。気軽にネットで政治参加を呼びかけあう。思いついたら、誰でもデモの組織者になれる。電子的な直接民主主義の時代がやってきたのだ。まあ、ぼくはどちらもやっていないので、内情はよくわかりませんけど。もうわからないことは、あまり手をだしたくない年になったのだ。それで、もう十分。というか、もうたくさん。

日本のデモは世界とくらべて、女性の参加者が多く、雰囲気が一番やさしげだったのが印象的だ。笑顔で、反原発。笑顔で、格差反対。やっぱり日本人は政治的な意見をアピールする場合でも、奥ゆかしくて控えめだ。ギリシャの火炎ビンと投石よりはずっといいよなあと、テレビのまえでひとりで納得してしまった。

ぼくは1960年生まれ。高校に入学した75年には、学生運動は下火になっていて、街はすっかりアメリカ西海岸のブームだった。ライフスタイルのお手本が今とは違い厳然とあったのだ。雑誌「ポパイ」が創刊され、テニスとサーフィンが一大ブーム。誰もが同じロゴのTシャツを着て、デッキシューズをはいていたなあ。かわいいものだ。

それからバブルとその崩壊を経て3分の1世紀、ぼくたちの社会は基本的にノンポリで、政治は特殊な（権力欲と自己顕示欲と郷土愛が猛烈に強い！）人が就く特殊な仕事のままだった。普通に暮らす「まとも」な人は、政治にはノータッチで、デモに実際に参加したりしない。それが日本人のただしい生きかただったのである。

震災後、その流れがすこし変わったように思えるのは、ぼくだけだろうか。被災地にボランティアとして参加するように、デモに参加する。若者のあいだで政治への関心が高まってきたように見える。この傾向、基本的にはいい流れだとぼくは考える。非正規雇用も、年金も、サービス残業も、シューカツも、いいように大人の政治にやられ放題だ。主張するときは主張する。それって、別に特別なことではないよなあ。これは震災がおよぼしたいい影響のひとつかもしれない。

（２０１１年11月）

適切なディスタンス

小説家は他人になった振りが得意。

考えてみれば、いつだって登場人物の視点から別世界をつくりだし、泣いたり笑ったりを繰り返している。ひとりモノマネ歌合戦みたいだ。そこで今回はニッポンを揺るがす2大争点について、ちょっと得意技をつかってみよう。

まずは中国・韓国ともめているセンカク・タケシマ問題から。シンガポールのビジネスマンか、タイの工場長といったあたりが、この問題にはちょうどいい距離感かもしれない。シンハビールでもおごって、話をきいてみよう。

「領土問題なんて夫婦喧嘩と同じですよ。犬もくわない。だいたい岩だらけの孤島でしょう。豊富な海底資源があるというけれど、実際にはコスト高で今まで誰も採掘に手をあげてこなかった。あとは少々魚が獲れるくらいのもの。メリットなし、プライドだけの問題です」

でも、歴史的にはどっちも日本のものらしいんだけど、とぼく。国際司法とか古文書とか、自分でもよくわからないもっともらしい話をしてみる。

「それは確かに、どっちの国にもいい分はありますよ。子どもじゃないし、法律や歴史の専門家がいるんだから。話しあいですむのは、おたがい相手のいうことをきちんときけるときだけです。今のいがみあいに近い状態では永遠に片がつくものじゃない。残ってるのはドンパチです。だけど、あんな島のために戦争しようと思ってる人は、どこの国にもいないはずです。ほんとの軍人はみな実戦にはひどく慎重なものです。盾のうしろにいる売名好きの政治家や評論家が勇ましいこといってるだけでしょう。国民の声というけれど、どのマスコミも普段はインテリ面してるくせに、どうして目のまえのことしか見えないんですかね。政治と同じくらい硬直してます」

じゃあ、どうしたらいいんですか？

「日本人が得意な先送りと棚あげでいいじゃありませんか。中国と日本と韓国がケンカしてると、わたしたちはビジネスしにくくてしかたないですよ。東アジアの地域大国が、あんなちっぽけな島のせいで仲よくできない。逆に欧米はおおよろこびです。無駄なことはやめて、そろそろきちんと仕事をしましょうよ。ところで石田さん、シンガポールにいい物件があるんですが、ひとついかがですか。リバーバレー沿いにある値あがり間違いなしの高級マンションです。先進日本の人気作家ならお安いものでしょう」

値段をきいてみると、東京都心で買うのと変わらないどころか、こちらのほうが高価だった。ぼくはあっさりとあきらめて、つぎのインタビュー相手に会いにいった。原発の話をきくためだ。日本好きなフランスの理系作家の登場である。久しぶりだね、ジャン＝ジャック。

「日本政府の情報隠蔽と説明責任のなさには驚いたよ。結局なにも根拠をあげないまま原発の再稼働に踏み切った。活断層のうえに原子力発電所があるなんて、ヨーロッパでは信じられない」

だけど、きみは原子力容認論だろ。

「そうだ。石油やＬＮＧは地球が無限でない以上いつか必ず枯渇する。太陽光・風力・地熱といった再生可能な自然エネルギーは無論、全力で開発する必要がある。だが、それまでのつなぎに原子力も必要悪として欠かせない。だいたいきみの国の貿易黒字は1年間で3兆円だったよね。原発をとめた分を埋めるためのＬＮＧ輸入代金はその3兆円を超えるそうじゃないか。国民の富の膨大な浪費だよ。ガス代を元どおりに抑えるだけで、黒字が2倍になる」

それは確かにそうだけど、みんな感情的になっていて、反対派と容認派双方ともきく耳をもたないんだ。

「知性というのは、そういうときのためにあるものだ。原子力を管理運営する団体に反対派と容認派をいれて、技術的な裏づけをとりながら徹底的に議論する。そうして意思決定がおこなわれ、初めて理性的な民主国家といえるんじゃないかな。きみもそうだが、日本人は議論を避けすぎる」

わかった、わかったとぼく。この男と議論するとひとつのテーマから離れることなく4時間は論理的に話し続けなければならない。ものすごく疲れるのだ。

ぼくは帰りのジェットに飛びのって、反原発と中韓けしからんという記事だらけの新聞を安心して読み、いつのまにか眠りこんでしまった。いやあ、早く議論のない日本に帰りたい。

（2012年10月）

上海のクラクション

ホテルをでるとクラクションの嵐だった。気温は35度を超え、日ざしは熱線のような強烈さ。いきかう自動車は我先に車道を突進し、邪魔なものには警笛を鳴らしまくる。急流のような6車線の道路の、信号も横断歩道もない場所を、歩行者は一気に突っ切っていく。現地の担当編集者に大通りをわたるこつをきくと、こう教えてくれた。

「迷わずに一気にすすむことです」

ぼくは無事に車道を横断し、上海ブックフェアの会場に到着した。初めてゲストとして招かれたのだ。目撃したのは、ぼくの記憶から一番近いものを探すと、小学校4年生のときの大阪万国博覧会だ。とにかく人出がすごい。会場は旧ソ連が中国にプレゼントしたという巨大なコンベンションセンターで、人があふれ返っている。入場料はとるけれど、すべての本が2割引きになるという書籍のスーパーマーケット状態で、通路も本好きな人々が埋めつくしている。普通ブックフェアというと、出版業界内のお祭りという雰囲気だが、上海は完全に読者のための祭りなのだ。

会場に着くと、円形の階段を巻いて長い行列ができている。この列はなに、会場で一番長いみたいだけど、編集者にそうきくと、彼女はすぐに調べにいってくれた。帰ってきて、驚いた顔でいう。

「これ、みんな石田さんのサイン会にならんでいる人です。すごい人気ですね」

当人こそびっくり。確かに池袋シリーズをはじめ、20冊ほど中国でも翻訳がでている。それでも東京と同じようにサイン会に行列ができるなんて予想外だ。

そのあと、中国の若手作家・路内さんと対談をすませ、サイン会に突入。2時間近くひたすらサインと握手を続けた。ファンは主に10代から20代の男女で、8割は女性だった。片言の日本語で話しかけてくれ、お土産だといって自分がもっているお菓子をくれたりする。むきだしのガムや小豆の饅頭をプレゼントされた。

中国では多くの人が、新しいライフスタイルや思考を求めて、海外の小説を熱心に読んでいる。欧米だけでなく、日本人作家も大人気なのだ。行列にならんだファンの数はたぶん300人はくだらないだろう。出版社のブースに積んであったぼくの新刊200冊が、サイン会の最中にすべて売り切れたといっていた。燃えあがるようなエネルギー、新しい文物を求める欲求、オープンな自己主張と自己改革への熱望。どれも久しく目にしたことのない楽天的な雰囲気で、成長を続ける国の勢いとは、こういうものかと心を動かされた。

日本に帰ってくると、何人にも質問された。センカク問題で困った目にはあわなかったですか。いやいや、とんでもない。ぼくのサイン会があった当日、中国全土で反日デモの嵐があったと、日本では報じられた。中国のテレビでは一切デモのニュースは流されなかった。調べてみると3000万人の人口圏を擁する上海の日本領事館まえには、20人の抗議集団がいたという。ぼくのサイン会の15分の1の危険なデモの嵐だ。

センカク問題はとなりあう国同士の領土問題だから、当然困難だ。世界のどの地域でも、領土問題はもめるに決まっている。けれど同時にセンカクはあの岩だらけの島と同じくらいちいさな問題でもある。なにと比べてちいさいのか。近い将来世界のGDPの50パーセントを占める東アジアの未来に比較すれば、はるかに重要度の落ちる小問題なのは、誰の目にも確かである。

ぼくは今、中国のファンへのオマージュに小説をひとつ書けないかと構想を練っている。舞台はフランス租界がいいな。取材のために秋にあの街へいくのもたのしそうだ。街路樹のスズカケノキの葉がすべて黄色に変わる秋の上海は、1年で一番散歩にいい季節だという。

（2012年9月）

チャイナ・プロブレム

これを皮肉な説得とも、優雅な復讐ともいうのだろう。さすがにノーベル賞委員会の選考は伊達ではなかった。今年度の平和賞は中国の非暴力人権活動家、劉暁波氏に贈られることに決まった。このニュースに欧米とアジア諸国は歓迎の意を表し、中国メディアは「犯罪者にノーベル賞?」という例によって激烈でトンチンカンな反応を示した。

中国では初の受賞であることが今回の肝だ。今後あの国の科学は目覚ましいスピードで発展するだろう。政府のいいなりの中国マスコミがいくら無視を決めこんでも、新たな受賞者がでるたびに、誰もが最初の平和賞を思いだすことになる。そういえば、初めてのときは劉さんだった。あの人は今どうしているのだろう。まだ檻のなかなのか、と。

ひるがえって、わがニッポンである。右派の政治家や週刊誌の見出しは叫んでいる。領土を守れないような意気地なしに政治家の資格はない！　国辱ものだ！　腹を切れ！　国際会議にいくとちいさくなるたぐいの人たちが、急に声高で元気になるのは、見ていて微笑ましいものだ。

確かにぼくも尖閣諸島問題をめぐる中国の反応は、度を越えた理不尽なものだったと思う。レアメタルの禁輸と邦人4人の逮捕に至っては、論外の愚挙だった。だが、よく考えてみてほしい。この騒動で国際社会の評判を落としたのは、明らかに中国のほうだ。あの国には世界のルールは通用しない。第2位の経済大国になったとたん覇者の奢りをあらわにした。つきあうのが困難な国だ。日本以外の国々のアジア専門家は、みなこっそりと考えたことだろう。こんな居丈高な振る舞いは、まるで日清・日露戦争後のジャパンのようだ、と。

中国はいまだ発展途上である。そのことを忘れてはいけない。国際社会のルールも民主主義も、あの巨体でこれからゆっくり学んでいくのだ。中国の平均所得はひとり4000

ドル。これが1万ドルになれば、自由や民主への欲求は抑えがたくなるだろう。立法・司法・行政だけでなく、軍や個々の企業に至るまで共産党の指導がいき届いた独裁国だって、いつかは変わっていかざるを得ないのだ。

日本に住むぼくたちが考えなければいけないのは、適度な距離を保ち、豊かな交流を続けながら中国の成熟を促すことである。あの国を仮想敵国視することで東アジアを不安定にするような愚かな民意や政策は、はっきりとアジアの未来に有害だ。過度な対外強硬策は、自信の欠如と山積みになった国内問題の裏返しに違いない。その程度の推測は日本の近現代の歴史を学んだ者なら、誰にでも共有できることだろう。

今から20年後、日本・中国・韓国の東アジア3国で、世界のGDPの4割強を押さえるという推計がある。そのとき日本は科学技術と文化的洗練とソフトパワーで、アジアをリードする立場になるだろう。経済であとを追うのはかんたんだが、文化的な成熟や洗練の差は、ひと世代では容易に埋まらないものだ。

現在、世界の覇権は欧米からアジアへと軸足を移している。不安定な移行期だ。この変化はまだ始まったばかりで、移行期のつねで、たいへん危険な時期でもある。国際社会から孤立した果てに自爆するという悲惨な結末へと中国を追いやるのは、誰にとっても不幸なのだ。それはぼくたちの祖父母の時代、この国で実際に起きたことでもある。

ぼくが今回の尖閣騒動で痛感したのは、なによりもアメリカとの関係の再構築の必要性だった。対中と対米の二枚のカードをしっかりと保持することが不可欠なのだ。ビジネスと文化交流では中国と接近できても、あの国の政治体制を心底信用することは困難だ。アメリカとの同盟を強化しながら、ゆっくりと中国の成熟を待つ。そしてアジアの経済成長の果実をともに味わう。ぼくたちがすすむべき方向は、口あたりがよく、やたらと威勢がいいだけの愛国論の先にはない。

（２０１０年10月）

ノー・カントリー・イズ・パーフェクト

ノーバディ・イズ・パーフェクト。

この英語のことわざの訳は、中学生以上なら誰でもしっている。完璧な人間はいないという意味だ。人は神さまではないから、間違うのはあたりまえ。失敗くらいでくよくよするなというなぐさめの場面でよくつかわれる、なかなか含蓄の深い言葉だ。

では、それが国ならどうだろう?

ノー・カントリー・イズ・パーフェクト。

完璧な国はない。パーフェクトじゃない人間が集まって、国がつくられる。それならば、当然国だって完璧なはずはない。ときに悲劇的だったり不名誉だったり間抜けだったりする失敗や過ちだって、犯してしまうことがある。世界史の教科書をすこし読めば、中学生にでもすぐにわかるはずだ。それでも自分の国が好きなことに変わりはないし、別に誇りが傷つけられることもない。

自分の属する国だけは絶対に過ちを犯さないと頑なに信じこむ人が世界のどこにでもいる。ドイツの極右派はユダヤ人虐殺など存在しないと主張していた。そのドイツとともに第二次大戦を戦ったオーストリアの自由党では、自国の兵士は犯罪者ではなく犠牲者だったとしている(この気もちはぼくだけでなく日本人ならよくわかるだろう)。

こうした団体や政党はドイツ、オーストリアだけでなく、ロシアにもフランスにもイタリアにもギリシャにも存在する。別にめずらしくもない、世界中でありふれた考えかただ。自国の民族や伝統を至上とみなす極端な保守主義者である。もちろん、どの国でも政権をとる可能性は今のところないけれど。

ぼくは自分が生まれた日本という国が好きだ。でも、それはほかの国に生まれた人が自分の国を愛する気もちと競合するものではない。自分の愛国心を認め、それが素晴らしいと思うのなら、同じようにほかの国に生まれた人たちの愛国心も、きちんと評価しなければいけないはずだ。

安倍晋三首相の侵略に関する発言は、文脈をきちんと追えば間違いではなかったかもしれない。「国際的に侵略の定義は定まっていない」。でも、国際的に定まった事実として、日中戦争での中国側の死者は1000万人、それに対して日本軍の死者は38万人という数字が記録されている。この数字をだすと、とくに中国側の数字に関して、あれこれと反証をあげる人がいるかもしれない。でも、この死者数が仮に半分になったとして、日本軍の起こした悲劇も半分に免責されるということにはならないはずだ。それではあまりに都合がよすぎる。

海をわたり異国の軍服をきた男たちがやってきて、膨大な犠牲者を生んだ。言葉の定義ではなく、その事実に対して謝罪するのをためらうことはない。だってノー・カントリー・イズ・パーフェクトなのだ。ぼくたちの好きな国だって、ときに間違うことはある。こちらだって空襲や原爆投下を受けた。だから免責されるなどという理屈はとおらない。

自分の間違いなら認められ、きちんと謝罪できる理性的な人が、こと国になると過ちを認めたくなくなることがある。橋下徹大阪市長の従軍慰安婦発言もこの心情から生まれているのだろう。軍と性の問題は根深く、どこの国でも欲望の処理のための方策をもっていた。それは確かに事実かもしれない。日本だけが悪いのではない。若い市長はそういいたかったのだろう。誰もがやっているけれど、自分だけが見つかって罰せられた。それはフェアじゃないし、運が悪かっただけだ。だが、スピード違反を咎められた人がそういえば、悔悛の情がないと判断されて当然だろう。

愛国心は甘く口あたりがいいけれど、アルコール濃度の高い酒に似ている。量を間違うと、ひどく酩酊しやすく、ときに人の命まで奪うことがある。今の日本社会がどれくらい酔っ払っているのか、ぼくたちは冷静に観察しておく必要がある。

（2013年6月）

V

若いうちはお金がなくて、貧乏でもあたりまえ。
けれど仕事を始めたら、今度はきちんと賢くお金をつかっていこう。
20代は貯金なんてぜんぜんなくてもかまわないと、ぼくは思う。
いつまでも全員でただのりばかりしていたら、
ぼくたちの世界は退屈なままで終わってしまう。

モノトーンの未来予測

ＳＦ作家の小松左京さんが亡くなった。日本ＳＦ創成期の巨人で、大ベストセラーになった『日本沈没』だけでなく、『果しなき流れの果に』や『復活の日』など傑作がほかにもたくさんある。新聞1面をつかった『日本沈没』の広告には、中学生になったばかりのぼくはびっくりしたものだ。もちろんすぐに上下巻を買いに本屋に走ったのはいうまでもない。一番好きな作品ではないけれど、日本列島すべてを海に沈めてしまうという力業にはうなってしまった。

小松さんが若いころには、ＳＦ作家が集まって週刊誌などでよく未来予測を立てていた。1960〜70年代ののぼり坂の日本人が描く未来だから、バラ色の予測が多かった気がする。火星旅行の実現とか、がんの完全な治療法とか、人型ロボット開発とか、人類の寿命が150歳まで延びるといった話だ。おもしろいのはその後爆発的に普及するコンピュータネットワークについては、ほとんどふれられていないこと。せいぜい『2001年宇宙の旅』に登場するHAL程度のスタンドアローンの人工知能が想像されただけで、先進国のほぼすべての人がネットで結ばれる日がくるとは、さすがのSF作家でも思い描けなかったようである。

そこで今回はぼくなりにエネルギーの近未来を予測してみよう。こういう思考実験はなかなかおもしろいもの。まず地球が数億年の時間をかけて蓄積してきた石油石炭天然ガスなどの化石燃料は、遠からず枯渇する。カウントダウンの数値はさまざまだけれど、50年でも200年でもたいした差はない。億年単位でためたものを、産業革命から400〜500年ほどでつかい切ってしまうのだ。化石燃料終末期には、採掘コストは跳ねあがり、とても一般人が使用可能な価格ではなくなっているはずだ。

石油がもつエネルギーのほとんどは、電力でおきかえられるけれど、ひとつだけ不可能なものがある。航空機を飛ばす爆発的なパワーは、電力では困難だ。自動車産業はエンジンをモーターに積み替えて生き残るが、航空機産業の未来は厳しい。現在のように気軽に海外に旅ができるのは、ぼくたちが最後の世代になる可能性は高い。

石油がすくなくなると、当然貴重な資源を燃やして電力をつくることはむずかしくなる。水力風力波力太陽光地熱あらゆる再生可能な発電方法が試されるだろうけれど、世界の電力の過半数を占める火力発電を代替するのは容易なことではない。ぼくは原子力発電が好きではない。だが石油の価格が現在の2～3倍になれば、背に腹は代えられずに、ドイツやスイスといった現在の脱原発国も再び原子力発電に舵を切ることだろう。

その場合原子力発電のコストは放射能事故への保険がうわのせされ、とても現在のように安価なものではなくなっているだろう。未来社会ではエネルギーはとても貴重で、高コストになる。

現在のように個人が活発に移動することは、そう遠くない将来むずかしくなるかもしれない。ぼくはパソコンのネット化は、低エネルギー社会化する未来への壮大な布石だったのではないかと考えている。旅することなく見て、きいて、話す。究極の省エネだが、パソコン通信にも当然電力が必要だ。ネットが利用制限される可能性もある。安価なエネルギーを前提にした大量生産・大量消費は持続できなくなるだろう。

多様なテクノロジーが魔法のように発達した江戸時代のような中世社会。100年後はともかく200年後には、そんな形のちょっと停滞気味の未来がやってくるとぼくは思うのだけど、さてR25読者のみなさんは、どう想像するだろうか。どちらにしても21世紀の未来予測は、単純なバラ色になりそうもない。

（2011年9月）

サイエンスの絶壁

２０１２年度のノーベル生理学・医学賞が京都大学の山中伸弥教授に決定した。これは素直にうれしい。文学賞のほうは残念ながら村上春樹が選に漏れて、同じ東アジアのライバル中国の莫言に授与された。『白檀の刑』『蛙鳴』といった傑作があるので、興味のあるかたは、ぜひどうぞ。堂々の受賞といっていいだろう。ただし事務局長の余計なひと言はいただけなかった。

「生存と尊厳のはざまでもがく中国の民衆の姿を迫真のタッチで描き、幼いころから親しんだ民話を融合させた」

そこまではよかった。でも、つぎのひと言は無用だったと、ぼくは思う。

「西洋かぶれしていないユニークな作家である」

ノーベル文学賞の最終選考には5人が残される。間違いなくブックメーカーのオッズが1位の村上春樹も、そこにはいっていたことだろう。無意識のうちに事務局長は莫言と村上の比較をするという愚を頭のなかで冒してしまった。それがこのひと言になったのだろう。選外になった理由が、アジア作家なのに「西洋かぶれ」だからダメでは浮かばれない。ノーベル賞ほどの影響力をもつ国際的な賞の運営担当として、明らかな失言だった。

受賞で浮かれている日本も中国も、そもそもノーベル賞が西洋のための賞だったということは忘れないほうがいい。たとえば日本のこれまでの受賞者は米国籍の南部陽一郎博士を含めても19人にすぎない。中国は平和賞1（共産党への嫌がらせのような民主活動家への授与）と今回の文学賞1の計2人。韓国は平和賞1だ。日本の受賞者数に近いのは、オランダの16人、ロシア・ソ連の20人、スイスの27人というあたり（2011年までの数字）。

ロシアはともかく、オランダは人口1600万人、スイスに至っては750万人である。特別にオランダ人が日本人より理系に強いわけでもないので、やはり20世紀なかばすぎまで西洋への贈賞が圧倒的に多かったのだ。科学技術への貢献では日本は確かに非西洋国では随一である。けれど人口で15分の1以下のスイスにまだ受賞者数では遠くおよばない。これもまた厳しい現実だ。

ここで話をノーベル賞のようなちいさなトピックから、西洋の科学文明へとぐっと拡大してみよう。250年ばかりまえにイギリスで始まった産業革命が世界をあともどりができない形で変えてしまった。それまで何万年ものあいだ人類はせいぜい馬の筋力程度の力しか工業や輸送に利用できなかった。ほかにたとえる数字をしらないから、いまだに最新型のポルシェのエンジンは馬350頭分などという表記をしている。

あたりまえになった自動車や携帯電話や飛行機や外科手術を考えてみる。上下水道や送電網でもいいだろう。近代西洋というのは巨大なモンスターだ。世界を魔法のように変える暴力的な力である。嘘だと思うなら、時間のあるときベートーヴェンの交響曲あるいはニーチェやハイデガーの哲学でも試してみるといい。とんでもない高さと重さをもった山岳がいきなり目前にあらわれるはずだ。

現代のぼくたちの暮らしを支える力の源は、西洋が生んだサイエンスである。飛び抜けた成長を実現し、今ある豊かな暮らしを可能にしたのも、科学の力に頼る部分がおおきい。今後も科学とテクノロジーを進歩させなければ、日本に生きる道はない。1901年に始まったノーベル賞の受賞者は約830人（こちらも11年まで）。そのうち日本人が20人にも足りないなんて、国力的に考えてもまだまだである。受賞者50人さらに3桁と増やしていかなければ、この国の未来は暗いのだ。ちなみに自然科学分野の受賞者数トップは約240人のアメリカ、2位グループは約70人のイギリスとドイツである。まあ2位のあたりには追いついておきたいものだ。

そういえば、うちの甥や姪がなぜか3人も理系にすすんだ。ぼくの兄弟はみな文系で、ぼくは中学2年生であっさりと数学をあきらめている。生涯賃金では理系が文系よりも有利という理由のせいか、理系志望者は急増中だとか。ぼくは二次方程式の初歩で落ちこぼれたけれど、若いみなさんはぜひサイエンスの絶壁を頂点めざし、のぼってほしい。

（2012年11月）

リヨンは燃えているか

去年9月の中国に続いて、今度はフランスにサイン会にいってきた。またもブックフェアのゲストに呼ばれたのだ。果たしてむこうでも、ぼくの本を買うために、読者はならんでくれるのだろうか。誰もいなければ、1冊も減らない本の山をまえに延々と待つことになる。しかも片道10時間以上も飛行機にのっていくのだ。さくらでもいいから、何人かきてほしいなあ。

ところがリヨンの商工会議所は、人であふれ返っていた。9回目を迎えたミステリー・ブックフェアは、かの地で大人気なのだとか。しかもこの本のお祭りは、国からの援助を受けていない。リヨンはフランス第2の都市だが、中央集権的でエリート主義のフランスでは、パリで開催される文化事業でなければ、予算がおりづらいのだとか。リヨン市とそこに本拠をおく企業がスポンサーとなって、ここまでの大イベントに育てあげたのだ。ヨーロッパはまだ金融危機の傷跡が深く残っている。そのなかで本のお祭りをあきらめずに続けてきたリヨン市を素直に賞賛しよう。

商工会議所は大理石張りで、屋根には女神や天使の像がのった、築１００年を超える歴史的建造物である（もっともフランスの街はどこもそんな建物ばかり）。ホールには即席のブースがだされ、世界中からミステリー作家が集って気軽にサインをしている。ぼくのななめむかいには『ボーン・コレクター』のジェフリー・ディーヴァーがいる（ひまそうにしていたのでサインをもらった）。御年90歳を超える英国ミステリーの現女王P・D・ジェイムズがいる。同じブースの反対側には、ハーラン・コーベンが立ったままサイン中で、すごい行列ができている。ぼくの好みではハーランよりジェフリーのほうが数段おもしろいのだが、フランスでの人気は逆なのだった。

ぼくのまえに積んであった３００冊近い池袋シリーズのフランス語版は、気もちいいほどすいすいと消えていく。アジアのミステリーがめずらしいだけでなく、現代ニッポンにみな興味があるようだった。東日本大震災とフクシマはその後どうなった？　東京はだいじょうぶなのかと、みなきいてくる。

フランスではチェルノブイリの呪われた記憶がいまだ鮮明で、放射能について敏感なのだ。汚染水や垂れ流されているセシウムについて細かく説明する時間はないので、ぼくは地元メディアの取材にかんたんにこたえておいた。

ミステリーでは最初に悲惨な難事件が発生し、それを警官や探偵が協力してなんとか解決していく。日本の人々も必ずこの難題をいつか解決するだろう。フランスのみなさんも日本に遊びにきて、その目でぜひ確かめてほしい。自信まんまんで、そんな公式コメントをだしたけれど、ほんとうにそうなればいいなと、ぼくは心の底で願っていた。

3日間のリヨン市滞在中に、サイン会5回と『砂の器』（野村芳太郎監督の映画版）の解説とフランスの作家3人との討論会まで組んであり、ほとんど自由時間はなかった。それでも満足が深かったのは、リヨンの街の素晴らしさのためもあるだろう。ローマ時代から続く古都で、中心部は徒歩ですべて用がすむほどコンパクトにまとまっている。なによりもてなし上手なのだ。この街、日本のどこかに似ているなあ。そうだ、京都だと発見した。あの街の落ち着いた風情が好きな人なら、きっとリヨンと恋に落ちるだろう。ぼくもいつかひと夏を、リヨンですごしたくてたまらなくなっている。

この旅最大の収穫はフランスの普通の読者とふれあえたことだった。本好きな人特有のゆとりと穏やかさは、日本でもフランスでも中国でもまったく変わらなかった。その人たちのためにこれからも新しい作品を書いていけるのは、作家としてひどく幸福なことである。フランスでの4冊目はどの作品にしようか。夜はワインをのみながら、現地の編集者と話しあったのだった。

（2013年4月）

物乞いする自由

4月の初め、ブックフェアのゲストに招かれて、フランスのリヨン市にいってきた。かの地の読者のあたたかさや、古都リヨンの街なみの美しさについては、先ほどのエッセイでとりあげたので、ここではフランスで衝撃を受けたことをいくつか書き記しておきたい。

雪に変わるのではないかという小雨のなか、早朝カフェを探し歩いていた。この春、ヨーロッパは異常気象で低温が続いている。シャルル・ド・ゴール空港では滑走路に小雪が舞っていたほどだ。傘もささずに歩いてきた男の子が汚れた手をだしていう。

「ムッシュ、小銭をください」

別に悲惨そうでも、思いつめた顔でもなかった。身なりのよい外国人を見かけたので、自然に手をだしたという風情だ。もちあわせがなかったので首を横に振ると、落胆したふうもなく冷たい雨のなか去っていく。

子どもの物乞いである。日本でなら、周囲が放っておかないだろう。寄ってたかって、なんとか助けてしまうはずだ。気がつけばリヨン市の中心部には、あちこちで物乞いの姿が目についた。1万ユーロの値札がついたカルティエの金のコンビの腕時計が飾られたショーウインドウのとなりには、やせた小型犬を抱えた老婆がぼろきれの像のように座りこんでいる。交差点では車椅子の中年男が、自分でおいた空缶を見つめ、うなだれている。ぼくが眺めていたあいだ、一度も顔をあげることも、空を見ることもなかった。

リヨンからパリに移っても、それは同じだった。メトロのなかでいきなり演説を始める男がいる。旅慣れた編集者に耳打ちされた。

「演説屋です。目をあわせないほうがいいですよ。価値ある意見をきかせてやったのだから、金を払えといってきます」

となりの車両からはサクソフォンとトランペットの二管編成で「聖者の行進」が流れて

きた。カラフルな音と光景でなかなか味があるけれど、これもチップを求める行為である。物乞いに限りなく近い大道芸だ。

日本ではもう見かけなくなった物乞いの風景を見て、フランス社会について考えた。現在の政府は社会党のオランド大統領が率いている。ユーロ危機以降、打つ手がなく、厳しい緊縮財政を敷くだけの政府支持率は急落している。閣僚の汚職も発覚した。

物議をかもしているのは、高額所得者を狙い撃ちした増税案だ。それは「100万ユーロを超えた年収の75パーセントを富裕税として徴収する」という激烈な内容である。

ルイ・ヴィトン・グループの総帥アルノーが、ベルギーのちいさな村に引っ越すという。同じフランス語圏で、通関の手続きも不要。すでに街の住民の4分の1は重すぎる税金を逃れてきた豊かなフランス人だという。俳優のジェラール・ドパルデューは腹いせにロシア国籍を取得した。

地元メディアでインタビューを受けたとき、ぼくは日本では格差社会が問題になっているといった。通訳は優秀な青年だったけれど、その言葉を訳せなかった。フランスにはそんな言葉はないという。ピラミッド型社会というのならあるけれど、それは昔からずっと変わらない。日本では最近、格差社会になったのですか。

日本のゆるやかな「格差」と厳然たるフランスの「階級」は、まったく異なるものだ。社会の在りかた自体が違うので、格差が今後さらに拡大しても、日本は階級社会にはたぶんならないだろう。この国は優しいので、物乞いになることは許されないのだ。逆にいえば、雨に打たれながら物乞いをする自由がないともいえる。それは同時に自分の身に引き受ける厳しい自由や責任や思想が育ちにくい国ということにもなる。

短い滞在だったけれど、考えさせられることが多かった。これからしばらく意識して、旅をしていきたい。

（2013年5月）

アベノミクスの死命

とうとう日経平均株価が1万5000円の大台に乗った。2012年11月の底値8600円から75パーセントも上昇したのだ。とくに春からの勢いは驚くべきものだった。毎月のように大台が切りあがっていく。日本銀行の黒田東彦新総裁が異次元の金融緩和政策を発表してからの数日は、でたらめといってもいいほど値を飛ばした。1週間で1000円以上も跳ねあがったのだ。

大学生から始めて、ぼくの投資歴はもう30年以上になる。狂乱といわれたバブルも、その後の気が遠くなるほど長い低迷も目撃している。それでもこの半年のロケットのような上昇は経験したことのないものだった。まさに異次元だ。

アベノミクスについては、あれこれと欠点をあげつらう人が、経済の専門家のあいだに多い。けれど、現在この国がおかれている状況はぎりぎりだ。借金はひとりあたり770万円を超え、GDPの2倍に近づいている。企業の輸出競争力は急激に衰えている。自動車はまだ元気だけれど、電機関連は沈滞の底だ。国内を覆う閉塞感は息苦しいほどで、いつ財政が破綻してもおかしくない。

危機的状況下に登場したアベノミクスを、ぼくは日本経済に残されたほぼ最後のチャンスと考える。ということは、現時点で揚げ足をとったりするのは、断固として避けなければならない。アベノミクスになんとしても成功してほしいのだ。なりふりかまわず停滞を切り抜けなければ、この国に未来はない。

だからこそ、ひと言だけ誠心の忠告を申し上げておきたい。今後、第二次大戦についての歴史問題に関して、いっさい口を閉じてほしいのだ。石原慎太郎氏は海外メディアでは、日本の極右政治家というあつかいだ。同様に安倍晋三総理は日本のリーダーにして、リヴィジョニストという肩書がついてまわる。

リヴィジョニストは歴史修正主義者。すでに定まった歴史的評価を覆す者という意味だ。たとえばナチスによるユダヤ人虐殺は存在しなかったと主張するドイツの極右政党などに使用される。侵略に関する定義はないという総理の発言も、従軍慰安婦に関する橋下徹大阪市長の記者会見も、海外から見れば一緒くたのリヴィジョニスト的妄言と見做されてしまうのだ。ぼくは歴史的事実の是非をここで問うつもりはない。けれど、日本が今おかれている世界は第二次大戦の戦勝国がつくりあげた設計図をもとに動いている。海外メディアは当然、こうした一連の発言を、戦後世界の構造を否定する危険なものと評価するのだ。ぼくも日本人なので、いくつかのリヴィジョニスト的発言について同情と共感を覚えることもある。だが、アベノミクスの道なかばで、アメリカの親日派にまで日本が制御不可能なほど右傾化したと見られるのは絶対に避けなければならない。

なぜか？　アベノミクスの死命を決するのが、アメリカだからだ。ここまでのところ、アベノミクスの最大の功績は金融緩和による円安誘導と輸出企業の業績上方修正に基づく株高である。どちらの成果（ぼくは高く評価するが）も、アメリカ当局のひと言で泡と消せるのだ。ときに言葉は核ミサイルのボタンよりも威力がある。オバマ大統領か、バーナンキFRB議長が記者会見を開いて、こう表明するだけでいい。

「現行のドル高円安はアメリカ政府にとって容認しがたいレベルに達した」

急激な円高と株価の暴落がかんたんに引き起こせるのだ。巨大化する中国への対抗策として同盟国・日本を活性化するプラスと、右傾化しアンコントローラブルになったリヴィジョニスト・日本のマイナス。どちらがよりアメリカの利益にかなうかで、彼らは冷徹に判断するだろう。日本のためでなく、アメリカの国益のために動いているのだから。

ここでぼくは不思議に思う。右派政治家はほんとうに国益を考慮にいれて発言を考え抜いているのか。保守的心情に酔って、センチメントだけの発言を繰り返していないか。国際政治のリアリティのなかで、ぼくたちはこの国の立ち位置を冷静に選ばなければならない。


（2013年6月）

「いやらしい」はいけないことか?

目立たないけれど、重大な変化がぼくたちの社会に起きている。そのサンプルを3点あげるので、ぜひみなさんにも今この瞬間の世の風むきを感じ、その変化がなにを目指しているか考えてもらいたい。

①クラブでは深夜12時以降の営業がつぎつぎと摘発されている。これまで黙認されてきたダンスが風俗営業法違反として禁止されたのだ。非行防止や反ドラッグが主目的ではないようだ。その証拠に社交ダンスも深夜の営業は摘発を受けている。ワルツやタンゴなど健全な大人の社交も禁止だ。2012年11月に警察庁が示したその理由は、「男女間の享楽的な雰囲気が過度にわたる可能性」があるためという。

②吉原のソープランドグループが売春防止法違反で2012年10月に摘発を受けた。このグループは同地区で8店舗を営業し、早朝の激安サービス（50分1万円台前半）で人気だったという。これまで黙認されていたソープでの売春がいきなり禁止されたのだ。こちらのほうは理由がまだよくわかっていない。今後ソープランドの一斉摘発に展開する可能性も捨て切れず、関係者は神経をとがらせている。

③渡辺淳一氏の新聞連載小説『愛ふたたび』が、突然連載打ち切りになった。この作品はインポテンツになった73歳の医師の人生最後の愛と性を正面から描いたもの。打ち切りの理由は読者からの抗議だという。けれども今作が『失楽園』や『愛の流刑地』にくらべ、とくに過激な性描写をおこなっているとは考えにくい。いつもの安定した（それにすこしねちっこい）渡辺節だったと思われる。それなのに今回だけはなぜか打ち切りとなった。作者は雑誌のインタビューで、新聞社側からベッドシーンについて「存分に書いてもらってかまわない」と確認を得たと証言している。

さて、3つのケースに共通するのは、「これまでは黙認されてきたこと」が、はっきりとした理由も示されないまま、いきなり摘発や打ち切りといった禁止対象になった点だ。不気味なのは、どれも基準がわからないところ。「過度」とはどこからが過ぎているのか、性描写はどこからが打ち切り対象になるのか。法的な根拠や描写の問題点がまったく示されないまま、機械的に摘発や連載打ち切りがおこなわれる。これが先進的な民主主義国なのだろうか。というより、いい大人の仕業なのか。

警察はいつから「お上」にもどったのだろう。庶民の文化や性行動をうえから指導して、道徳的に律するというのは、どう考えても発展途上国的な方法である。ぼくたちはそこまでの権限を警察に与えた覚えはないし、風営法と売防法の「過度」な遵守について、ひと言の説明も受けていない。

日本の社会が右傾化している。それは隣国に対する敵視蔑視だけでなく、男女交際や恋愛や性の規範にまで、強烈な復古圧力として働いているのだ。一方でこの国では少子化担当の大臣までおいて、子どもをつくれと叫んでいる。右手ではさっさと結婚して子どもを産めといい、左手では男女の享楽的な雰囲気は許さないという。いったいなにを考えているのかわけがわからないのは、ぼくだけだろうか。
　これまで何冊か、ぼくも性愛をテーマにした小説を書いている。好きなものを書き下ろしでと依頼され、仕上げたのが『娼年』である。1時間1万円で身体を売る大学生の話だ。初めての直木賞候補作で、好きな作品でもある。ぼくはベッドシーンを書くのも読むのも、大好き。別にはずかしいとも、後ろめたいとも思わない。だいたいいやらしいのが、なぜいけないのだろう。なにもセクハラをしているわけでも、公然猥褻を働いているわけでもない。踊りたければ夜通し踊ればいいし、ソープだって好きならば通えばいい。そんなことは大人の自由だ。小説に至っては、嫌なら読まなければすむ話である。あなたも保守化の時代にあわせて、「やらしい」ことをあきらめますか。なんだかチャイルディッシュで、つまらない時代になったものだ。

（2013年2月）

フリーの世代

先日、ある作家と対談をした。

彼は注目の新進で、デビュー作が映画化され順調にヒットを飛ばしている。厳しい出版不況を考えると、とても恵まれた出発といっていいだろう。

その対談のテーマは、「今どきの若者について」というものだった。若者をもう20年もまえにやめてしまったぼくには、そんなことはよくわからない。彼は24歳、ちょうどR25の読者層とほぼ重なる。日曜日夕方、渋谷のホテルの会議室で、ぼくは質問してみた。

「若い世代について、なにか感じることはあるかな」

しばらく考えて、彼は口を開いた。

「無料ですかね」

無料？　無料の世代？　いったいどういう意味だろう。

「ぼくたちからさらに4歳くらい若い人たちは、なにか必要なものがあるとすべて無料で手にはいらないか探します。見つかればそれをつかうし、なければあきらめる。その製品やサービスが少々不出来でも、無料だから文句はいいません。無料のものに最初から、あまり期待していないんです」

なるほど、そういう意味だったのか。できる限りすべてを無料でまかなうつぎの世代の若者たち。確かに音楽は無料のダウンロードが可能だ。映画やドラマも世界中の動画サイトを探れば、まずアップされている。どちらも違法だが、それが世界中で一般化しているのが現実だ。みんなでわたる赤信号である。もちろんスマートフォンやパソコンには無料のアプリやゲームがどっさり。衣食住など生活に必要なコストをのぞいたもの（そこには当然、文化的なすべてがふくまれる）は、激烈な勢いで無料化が進行している。

そこで作家同士は、深いため息をついたのだった。本は無料化に抵抗する最後の砦《とりで》だ。

逆にいえばその分だけネット共有化の波にとり残された古いメディアなのかもしれない。

ぼくはいった。

「無料のものしか欲しがらない人は、最初からたいした期待はしてないいんだよね。そうなったら、ものの進歩もとまるんじゃないかな。よりよいものを求める受け手のわがままが、進歩の源泉だったんだから。それに無料だと製作コストはかけられないし、すでにあるヒット作の劣化コピーになりやすい」

おなじみの文化状況だ。売れないから、つまらなくなる。市場はさらに縮んでいく。文化的デフレ現象だ。

「だから社会にでて仕事を始めたぼくたちの世代が、どうやってお金をつかっていくか、それがつぎの問題になると思うんです」

まさしくそのとおり。読者のあなたも学生時代は確かになるべく「無料」のものですませていたかもしれない。でも社会人になったら、それだけでは十分ではない。そろそろボーナスシーズンである。なにを選び、なにに金をつかうかは、その人自身を深く表現するものだ。それを買う自分が、人からどう見られるか、そのあたりもしっかりと考えてショッピングしてほしい。

その際に、ぼくからアドバイスをひとつ。あまり安いとか便利に惑わされてはいけないよ。大切なのはときに背伸びをすることだ。自分にはちょっと良すぎるかもしれない、ちょっと高度すぎるかもしれない。それくらいの買いものを繰り返していくうちに、だんだんと良いものを見る目もできてくるし、気がつくと良いものと良い趣味が身についてくるのだ。

若いうちはお金がなくて、貧乏でもあたりまえ。けれど仕事を始めたら、今度はきちんと賢くお金をつかっていこう。20代は貯金なんてぜんぜんなくてもかまわないと、ぼくは思う。いつまでも全員でただのりばかりしていたら、ぼくたちの世界は退屈なままで終わってしまう。

（２０１２年12月）

2050年の世界

「エコノミスト」といえば、すこし皮肉でしゃれた文体で有名なイギリスの経済専門誌である。オピニオンリーダーとして英国だけでなく世界中の政治家や経済人から一目おかれている。ぼくも尖閣諸島をめぐる中国との問題で、海外の反応を確かめるため英文サイトをのぞいてみた（その記事は、「こんな島のために本気で日本と中国は戦争を始める気か？」と、なかばあきれた調子）。日本とのかかわりでいうと、1962年の特集がなんといっても名高い。「驚くべき日本」というタイトルで、極東の島国の驚異的な経済成長を描き、世界中の人々の日本観を一変させたものだ。

その「エコノミスト」から新しい本が届いた。題名は『2050年の世界』、原題は

『MEGACHANGE』である。この本があまりにおもしろかったので、今回はきちんと紹介してみよう。そういえば、このページではあまり本の紹介をしてこなかったので、3カ月に1度くらいはこれから本の話をしようかな。ぼくの本職は、本を書き、本を読むことなのだ。

今から38年後あなたはいくつになっているだろうか。年齢の幅を25～35歳として50年には63～73歳。『エコノミスト』が信頼できる統計や資料を基に描くあなたの定年後の未来は衝撃的だ。

まず未来の7大経済大国の顔ぶれがおもしろい。順番に中国、アメリカ、インド、ブラジル、ロシア、インドネシア、メキシコとなる。日本も、ドイツも、フランスももうお呼びでないのだ。結局、経済成長は人口増加に最大の恩恵を受ける。ということは、少子化がとまらない現先進国には成長の余地はすくない。経済大国になるのは人口増加国だ。

その時点で世界一の中国がひとりっ子政策のせいで、日本を超える超高齢化社会に悩んでいるというのがまた興味深い。65歳以上の高齢者1人を2・2人の生産年齢人口で支えなければならない。おとなりさんもたいへんだ。高度成長だって無限に続けられるものではない。年収が1万5000ドルのあたりには中進国の罠と呼ばれる危険地帯があり、そこを抜けて成長するのは限られた国だけなのだ。数多くの挑戦者がいたが、最近の成功例は韓国くらいである。

近い将来、世界のGDPの半分は東アジアが占め、歴史は回帰する。産業革命で西洋が爆発的な成長をする以前は、世界経済の中心は千年単位でアジアに存在した。そんなアジアの世紀の後半に、わがニッポンはどんな位置を占めるのだろうか。『エコノミスト』の予測はこの20年ほどの統計を重視しているので、当然未来予測は思わしくない。

もっとも豊かなアメリカのひとりあたりGDPはほぼ10万ドル。日本は6万9000ドルで、ドイツやイギリスにおよばないばかりか、韓国やロシアにも抜き去られている。すぐうしろに5万7000ドルで中国が迫っているのだ。最近、数字ではなく心の豊かさや自由時間の多さで幸福度を測ろうというGNH（Hはハピネスの H）という言葉がはやりだけれど、それだけではダメだとぼくは思う。ドイツのようにきちんと稼ぎ、成長しながら、余暇や暮らしの豊かさを享受している国もあるのだ。このままでは日本は逆側から中進国の罠に転げ落ちるかもしれない。

この本の未来予測には納得できない部分もあるけど、未来の国の形、日本人の生きかたを考えるうえのヒントに満ちている。定年までの人生プランを決定する際の基礎資料として読んでみませんか。ちなみに全体をとおして見ると、「エコノミスト」の専門家たちは2050年の世界は明るいと予測している。日本の未来がバラ色になるかどうかは、当然ぼくたち自身のがんばりが決めるのだけれど。

（2012年12月）

Ⅵ

そうやって心の疲れや傷をすこしだけ癒したら、
また明日から自分のできることを、それなりにがんばる。
やわらかなものほど、壊れにくい。
これは耐震住宅だけでなく、
人の心も変わらない真実である。

「各各」を大切に

ある雑誌に東日本大震災への手書きのメッセージを頼まれた。ぼくは芸能人でもスポーツ選手でもないので、「みんながひとつに」とか「日本の強さは団結力」とは、かんたんに書けなかった。小説家は単独でする仕事である。ひとりの考えを、ときに全体の意見より優先させなければならないこともある。しばらく考えたすえに、ぼくが選んだ言葉は、「各各」だった。読みは「おのおの」。意味は各自、それぞれである。

今回の災害は催眠術のようだった。いったんテレビをつけてしまったら、被災の恐ろしさに、もう1日中目を離すことができないのだ。繰り返される津波の映像を、心臓を冷たい手でつかまれたような気もちで、無理やり見せられることになる。自然の力のまえでは、人間がいかに無力かを徹底的に悟るまで。いつまでも、いつまでも、黒い波が押し寄せてくる。

ぼくの50年で、この映像の衝撃に比肩するのは、9・11同時多発テロだけだ。一瞬で3000人近い犠牲者をだした双子の塔の崩落場面である。あのときもアメリカ中で、団結しよう、ひとつになろうという竜巻のようなメッセージが飛び交っていた。

けれど戦時下に近いアメリカでさえ、ただ「ひとつになる」というモノトーンのメッセージだけでなく、冷静な意見は存在した。これはアメリカ的な価値観、個人の自由や民主主義に対するテロリズムである。グローバル経済にとり残された中東など途上国と今後どうつきあっていくべきか。このテロを宗教や文化の対決にしない事態収拾の方法はないのだろうか。そう指摘する人は、決して少数ではなかった。

ひるがえって、今回の震災への反応を見ると、日本では圧倒的に「ひとつ」派が多かった。新しい民俗学や社会学の知見では、日本の単一民族説は崩れつつあるけれど、危機の際にはまだまだぼくたちは「単一世論」なのだ。強力な同調圧力が働いて、この国の人々は磁石に吸いつけられる砂鉄のように整然と同じ方向をむく。

共感能力の高い日本人が、被災地の人々へ心を寄せすぎた場合、なにが起こるか。ぼくは東京の都心で暮らしているけれど、サービス業はどこも壊滅的に売上を落としている。デパートも商店街も、節電のために暗いだけでなく、人出が絶えてしまった。事情は全国の観光地も同じだ。ホテルや旅館のキャンセルが続発し、結婚式や卒業式まで延期あるいは中止してしまう。

被災者のために募金やボランティアをするのは素晴らしいと思う。節電や災害対策など自分の身を守る手を打つのもいいだろう。けれど被災地以外の人たちが、いつまでも下をむいていることに、ぼくは納得できないのだ。

ただひとつになるのではなく、自分の場所でできることをやりながら、ひとりひとりが「各各」を大切にする。仕事も遊びも分けることはない。不謹慎も周囲の目も関係ない。目のまえのことに集中して、思い切り働き、思い切り遊べば、それでいいのだ。日々の暮らしをしっかりと生きることが、必ず復興の役に立つ。

「ひとつになろう」というメッセージ以外で、今回目についたのは「被災者の気もちになろう」というものだった。ぼくは作家なので、小説のなかでいろいろな職業の人になったり、ときに女性になったりもする。けれど、完璧になり切ることなど到底、不可能である。ときに数十数百の資料を読み、実際に当人に面談しても、他者になることなどできない相談なのだ。口あたりがいいからといって、軽々しく「被災者の気もちになった」つもりになどなるのは、慎まなければならない。

大震災の余震は続き、発生から1カ月たっても、犠牲者の数さえまだ定かではない。けれどこういうときこそ、みんな「各各」を大切に。そこにしかひとりの人間が立ちあがる場所はないのだ。

（2011年4月）

あの日から

あの日から2カ月半がたったけれど、きみはだいじょぶ？　ボランティアや募金や節電で、無理をしすぎていないかな。限界を超えるほどがんばったあげく、心をぽきりと折ったりしないように気をつけてください。心の奥からきこえる声に、今まで以上に注意しよう。おおくの場合、その声はひどくか細くて、自分自身でさえ気づかないほどちいさい。心がきしむ音に今ほど慎重にならなければいけないときはない。

震災の後遺症について、ぼくはいろいろな人に会って話をきいた。あるベテランアナウンサーは、阪神淡路のときも、地下鉄サリンのときもすぐに現場を踏んだという。

「でも、今回の東日本大震災は違うんです。取材から帰ってきても、まだずっとこのあたりにずっしり残っている」

そういって自分の肩のあたりを指さした。

またある韓国人留学生は、地震後帰国したが、ずっとソウル市の自宅でテレビのまえに釘づけになっているという。あんなに苦しんでいる人たちをおき去りにして、自分だけ安全な場所に逃げた。罪悪感が消えないのだそうだ。

ぼくの出演している福祉番組で取材した男性は、あの地震が起きたとき宮城県内陸部の病院で、アルコール依存の治療中だった。津波によって母親と孫を亡くした。こんな自分が生き残っていいのだろうか。孫の代わりに死ぬべきだったのではないか。その思いがどうしてもぬぐえないという。

被災の悲惨さが忘れられない。苦しんでいる被災者に、共感しすぎて疲れ切ってしまう。生き残った自分を責める。被災地以外のほとんどの日本人はおおかれすくなかれ、この3種類の心の働きに苦しめられている。でも、いったいどうしたらいいのだろう。

同じ番組のなかで、アルコール依存からなんとか立ち直った知人がいった。

「あの震災でひとつ決めたことがあるんです。ぼくはボランティアはしない。もし、ぼくが被災地のためになにかをしたら、焼き切れるまで働いて、きっと倒れてしまう。だから、今は苦しいけどボランティアはがまんしているんです」

ぼくはこの発言に感動した。誰もが心をひとつにとスローガンを叫びあっているときに、自分はなにもしないというのは、とても勇気がいることだ。彼のまわりでは何人も倒れて入院しているという。依存症を抱える人たちは、他者の悲惨や苦痛にひどく敏感なのだ。

苦しんでいる人に共感しすぎたあまり、心をすり減らしてしまう。心理学ではこれを共感疲労という。戦争や災害で生き残った人は、なぜ自分だけが生きているのかと罪悪感を抱くことがある。こちらにも専門用語があって、サバイバーズ・ギルトという。どちらも容易に打ち消せるようなものではないけれど、必要以上に被災地以外の人たちが、自分を苦しめる理由はない。

テレビも新聞も雑誌も、あらゆるメディアでいまだにトップニュースは震災関連だから、困難なことかもしれないけれど、自分の心から震災を追いだすのも、大切な対処法だ。あの地震を忘れないのと、考えすぎてとりつかれるのは別である。

ボランティアは確かに人間として立派な行為だ。けれど、同時にボランティアをしないという選択があることを明確にしておこう。しないことを、うしろめたく感じる必要もないし、恥でもない。目のまえにある自分の仕事をきちんと果たす。それがまわりまわって、きっと誰かの役に立つはずだ。

震災以降、誰もが普段以上にまえむきになっている。みなすこし無理をしていないだろうか。人の心の復興策にはもっといい加減で、巧妙な方法があってもいいはずだ。つらかったことは、とりあえず忘れる。別なおたのしみに逃げる。誰かのせいにしてごまかす。

そうやって心の疲れや傷をすこしだけ癒したら、また明日から自分のできることを、それなりにがんばる。やわらかなものほど、壊れにくい。これは耐震住宅だけでなく、人の心にも変わらない真実である。

（2011年6月）

あれから、1年1カ月

今年の桜は、美しかった。

去年は花見らしい花見はできなかったので、なおさらそう感じたのかもしれない。染井吉野の淡い花は、清楚で豪華、寡黙だが官能的だ。散り際の潔さも重なって、それは見事なものである。ぼくは国花だとか、この国の文物を代表する花といった押しつけは好きではない。けれど、それでも日本人がこの花を心から愛する理由はよくわかる。桜は特別な花なのだ。

あの日から、1年と1カ月が流れた。亡くなったかたがたとその家族・関係者に、あらためて追悼の意を表したい。まだ震災は終わっていないのだ。被災者だけでなく、日本全体が厳しい余震のさなかにある。たとえばぼくが仕事をしている出版界も、いまだに震災まえのにぎわいには遠くおよばない。本は震災後明らかに売上を落としている。

それはこの国で仕事をしている社会人なら、誰もが感じていることだろう。震災まえの業績を完全に回復したのは、ごくわずかな業種にすぎない。日本を支える巨大な柱の一本が、あの日折れてしまったのだ。修復はいまだ成っていない。

1年まえまで節電などという言葉は誰も口にしなかった。繁華街は夜も昼間のように明るかった。セシウムなど誰も恐れていなかった。ぼくたちはどんな方法で発電された電力でも、気にせず湯水のように使用していた。それが今では都心でさえ薄暗い道を帰るのに慣れてしまった。犯罪が増えなかったのは、さすがに信頼すべき、わが同胞というところである。

震災からの復興については、遅れているというしかない。けれど、ぼくは行政や官僚を責めようとは思わない。いつのころからか、ぼくたちは政と官をディスカウントストアのようにあつかうようになった。最小の負担で最大のサービスを求める。商品にわずかな傷でもあれば、相手の人間性まで否定して、徹底的にクレームをつける。それが消費者として、あたりまえの態度になったのだ。

その結果、世界各国とくらべても例外的なほど、低負担で高福祉の国に、ぼくたちは生きている。それでもまだサービスが足りないし、税金が厳しいと文句ばかりいっている。収入に倍する支出を毎年だらだらと垂れ流しながら、誰も根本のところでは責任をとろうとはしない。政治家も、官僚も、主権者のはずの国民も。

先日、南海トラフ海域の巨大地震の津波想定が内閣府の検討会から発表された。これまでの予想をはるかにうわまわる20メートルを超す津波に襲われる地域が、伊豆半島から九州の太平洋岸にかけ、真っ赤な帯になっている。最大の津波が予想される高知県の黒潮町では、34・4メートルの高さになるという。しかも早ければ、地震の数分後にそれはやってくるのだ。

どこからか、またいつもの声がきこえる。政治がなんとかしろ。国民の安全を守るのは、国の仕事だ。その分の税金は払っているだろう。けれど、行政だろうが官僚だろうが、人間にできることなどたかがしれている。全力で被害は抑えなければならない。それでも相手は地球規模の情け容赦ない力だ。誰もはっきりいわないけれど、できないことはできないのだ。

駄々っ子のように国に頼るのはそろそろやめたほうがいい。畏敬の念を忘れずに自然とつきあい、自分の身はなんとか自分で守る。目のまえにある暮らしや仕事にしっかり取り組む。地震はなるようにしかならないだろう。それ以外、地震国に住む人間になにができるというのか。あとは、おたがいの幸運を祈ることにしよう。

（2012年4月）

男の責任のとりかた

つい先日「放射能つけちゃうぞ」と記者団におどけてみせた経済産業大臣が、就任9日目で辞任した。フクシマから避難した子どもたちが、各地で「放射能がうつる、むこうにいけ」といじめられたという報道があったあとなので、無神経というか、なんとも幼稚な発言だった。辞任もやむをえないだろう。

けれど、この大臣の「死の町」発言は正確にして、率直な表現なのではないか。避難区域の様子を報道番組で見ると、無人の町は雑草が伸び放題で、信号の消えた道をやせ細った犬が人恋しげにうろついている。畜舎のなかには白骨化した牛や豚の遺骸が転がっているのだ。ほかにも形容はあるだろうが、「死の町」という言葉がぴたりとあてはまる状況なのは確かだ。表現をやわらかにすれば、状況が隠されるだけなので、ぼくは正直でいい言葉だと思っている。この大臣の場合、傲慢なものいいで辞任した前復興担当大臣よりは、まだましなのかなと、淋しい大臣相手のどんぐりの背比べになるのだった。

ここで問題になるのが「男の責任」のとりかたである。そういえば罵詈雑言の嵐にめげることなく、菅総理は1年以上首相の座にとどまった。各新聞調査の支持率が10パーセント台なかばで、野党だけでなく身内の民主党議員からも「辞めろ、辞めろ」のシュプレヒコールだったのだから、あのねばり強さはある意味見あげたものである。在任449日は、そのまえの鳩山首相、福田首相、安倍首相の誰よりも長かったのだ。やはり地盤看板を受け継いで政治家になったほかの3人よりも、地位に対する執着が強かったのかもしれない。

それに反して、JR北海道トップの場合は言葉もない。「戦線離脱することをお詫びいたします」。遺書にはそう書かれていたという。石勝線トンネル内の脱線炎上事故に続いて、いねむり運転などが発覚して、全社的に安全運行対策を立て直している最中の入水自殺だった。遺体は石狩川から35キロ流された小樽沖で発見されたそうだ。なぜ、もうすこし生き抜いて、組織の更生に貢献できなかったのか。ほかの選択肢はなかったのだろうかと、つい余計なことを考えてしまう。まだ64歳と若かっただけに、残念でならない。亡くなった人には、ただ合掌するしかないのだ。

ここにあげた3件のトップの責任のとりかたは、それぞればらばらである。9日目にあっさり辞任、1年以上地位にしがみつき、当面の目標（みんなもう忘れているだろうけど「第二次補正予算案」「特例公債法案」等の成立）を達成してからのねばり腰の辞任、そして志なかばの自死と、形はさまざまである。

こうしたとき、多くの人は「男は引き際が肝心」などといったりする。でも、ぼくはそうは思わないのだ。潔く辞める必要も、もちろん命を絶つ理由もないと考える。誰もが一回限りの人生を生きる。周囲の状況、自分の性格、会社の対応。家族や友人の意見などをよく見たうえで、望むままに自分の責任をとれば、それでいいのだ。きれいな引き際を演じることはないし、潔く責任をとる必要もない。思う存分自分らしさを発揮して、じたばたするも、すっぱりするも、好きに決めたらいい。結局、自分の引き際に責任をとれるのは、この自分ただひとりだ。

作家には定年がない。だんだんと筆力が落ちて、声がかからなくなり、自然に名前を忘れられていくのが通常パターンだ。だいたい70代なかばくらいが、衰退のサイクルの始まりだろうか。でも、そんなことは気にすることはない。読者が誰ひとりいなくても、そのときおもしろいと思う小説を書き散らし、周囲に迷惑をかけながら、最期のときを迎える。それで十分。あとは野となれ山となれ。

（2011年10月）

1パーセント未満の幸福

わが国よりずっと遅れていたアメリカとヨーロッパが、この2年ほど必死に努力して、ついに世界一の借金大国に追いついた。いやあ、みんなよくがんばった。つつしんで銀メダルをさしあげよう。先進国は例外なく、巨額の財政赤字を抱え青息吐息。これで2010年台（12年単年じゃないよ！）のテーマはグローバル的に確定したのだった。

国家債務危機からの脱出だ。

というと偉そうにきこえるけど、実際にはけちけちと財政を切り詰めて、国民に頭をさげて税金をあげ、文句をいわれつつ社会保障費を削って、借金をこつこつ返していくだけのこと。半世紀以上昔のように、戦争に逃げるという手はもうつかえなくなった。世界はしばらくのあいだ地味な「借金返済」モードにはいったのである。

思えばリーマンショックのときに、この結果は予想がついたのだ。銀行を守るため税金を大量に投入して、金融システムを死守する。経済の心臓麻痺による突然死は誰だって避けたい。落ちこんだ経済には、公共事業と補助金の大盤振る舞い。それで景気浮揚をはかるが、いっこうに経済はうわむかない。結果は、ただ民間の赤字を公的部門に移し替えただけ。最終的には、すべての赤字を国が抱えこむことになる。

ぼくはバブル後20年も日本経済が沈んだままなのは、きっとこの国の経済運営担当者が無能だからだと考えていた。でも、間違いを認めます。世界各国の最優秀の人たちが、コピー機で複写したみたいに日本と同じあやまちを繰り返したのだ。要は急激かつ天文学的数値の債務膨張には、人類のどれほど優秀な頭脳や政治手腕をもってしても太刀打ちできない。それがはっきりとわかったので、ちょっと気分は爽快だ。ついでに親戚のおばちゃんのようにいっておこう。

「まあ、できちゃった借金はしょうがないじゃないの。あとはしっかり働きなさいよ。命までとられるわけじゃないんだからさあ」

恐るべきことに、この数行でつぎの10年間の世界に送るアドバイスは尽きている。ぼくたちはこつこつ働いて、毎月毎月借金を返していくしかない。経済成長の夢物語は終わった。ぼくはオジサンなので、バブル景気を覚えている。もうあの年率10パーセント近い異様な成長は望めないのだ。いくら復興需要があるとはいえ、過去10年間の平均成長率は0・7パーセント。今年も去年とさして変わらない平熱の景気が続くのだろう。1パーセント成長なら上々だ。

とはいえ、バブル期の日本は今よりぜんぜん暮らしやすくなかった。物価はバカみたいに高かった。食費も住居費も年々値あがりしていた。週休2日制もまだ普及していなかった。携帯電話もパソコンも誰ももっていなかった。Eメールもグーグルもユーチューブもなかったのだ。その代わりにあったのは、明日はもっと豊かになるという幻のような希望だけ。振り返って、今の日本を見ると、望むものはほとんど手にしてしまった。人口が1億人を超えるサイズの国としては、とても豊かで安全で自由な社会を実現している。まあ、ちょっと生活は苦しいけど、こんなもので十分という諦観が時代の気分のようだ。

給料はあがらないけど、税金はあがる。仕事は厳しく、やたらと数字を求められる。若者だって、いつリストラされるかわからない。新年早々憂鬱なことばかりだけど、それでもぼくたちの大仕事は、せいぜい「借金返済」なのだ。たいした問題ではない。暗い顔をして足元ばかり見ていても、借金が減っていくわけではない。こんなときに大切なのは、ユーモアとちょっとした鈍感さだ。これからの数年間は、明るく笑いながら、タフに生きる。ちゃんと仕事とプライベートのバランスをとる。それが1パーセント未満の弱成長社会を生きるコツだと思うけど、さてさてみなさんの解答はいかが？

（2012年1月）

きみはダイジョブ?

世界はひとつ。

ほんの20年ほど昔、それは理想とあこがれの言葉だった。日本は国をあげて経済成長と海外文化の輸入に邁進し、豊かさの階段を駆けのぼっていた。西ドイツを抜いて、アメリカにつぐ世界第2位の経済大国になったのは1960年代終わり。第二次大戦でこてんぱんに負けてから20年と少々で、銀メダルの表彰台にあがったのだ。実に素晴らしい。そのころ日本男子の夢は、世界を股にかけて活躍することだった。ぼくも亡くなった母から、商社マンか新聞記者になり、海外で仕事をするようにいわれていた。

けれど現実のグローバリズムはすべての夢を打ち壊した。急成長する貿易と金融と通信によって、戦争が不可能なほど世界は一体化した。文字通り「世界はひとつ」になったのだ。そこで生まれたのは、世界中の国々を巻きこむ圧倒的な重力だった。貧しい国は豊かに、豊かな国は貧しくという世界規模の平均化である。日本もこの巨大な波にのまれた。どれほど優秀な指導者と勤勉な国民でも、一国でこの流れに抵抗することは不可能だった。誰だって重力には逆らえない。グローバリズムの最初の波が静まった現在、世界中を同じシンドロームが覆っている。問題はもうどこの国でもいっしょだ。ヨーロッパでも、アメリカでも、日本でも変わらない。アベノミクスで1～2年景気は若干うわむくかもしれない。でも、その先の矢印は世界と同じだ。低成長と高失業率、公的債務の膨張、そしてますます激しくなる競争と、あからさまになる格差。この世界潮流はつぎの10年も残念ながら不変だろう。R25の連載を本にするのも、今回で4冊目。最後の締めくらい希望的観測を書いておきたいけれどしかたない。世界は今この瞬間にも、よりグローバルで、よりタフな場所になりつつある。

避けようのない鬱の時代が続く。そんな時代の代表的な気分はこんな感じだろうか。自分はこれ以上無理というほどがんばっている、それなのにちっとも恵まれないし、将来の展望が開けない。どこかに甘い汁を吸う悪いやつが、きっといるに違いない。悪は政府だったり、多国籍企業だったり、EUやIMFのような国際機関だったり、隣国だったりする。

南欧では若者の失業率が50パーセントを超え、反政府・反緊縮のデモが連続している。事情は日本でも同じだ。ただぼくたちの場合、抗議の対象はおとなりの中国・韓国だ。日本という素晴らしい国に誇りをもつのはいいだろう。ただそれはほかの国を排除したり、憎悪したりするのとは、まったく意味が違う。「殺せ」とか「死ね」というきくに耐えないヘイトスピーチは論外だ。愛国心はいい。けれど、それだけしか頼るもののない人は、隣国よりも自分の人生にきちんとむきあったほうがいい。憎しみは誰の人生も快適にしてくれないのだから。

同じことが生活保護バッシングにもいえる。不正受給は犯罪だ。でも、ごく少数にすぎない。ほとんどは無年金の老人や病気や障害で働けない人、シングルマザー家庭である。なぜ在日外国人や生活保護世帯のような弱い人たちばかりを標的にかけ、怒りをぶつけるのだろう。

「タフでなければ生きられない。優しくなければ生きている価値がない。」

これは名探偵フィリップ・マーロー一世一代の名台詞。世界がますますタフになる時代、ぼくたちはもう一度優しさのほんとうの意味を考え直したほうがいいのかもしれない。生きづらさを憎しみに変えて、自分より弱い立場の人にぶつける。それでは自分を愛することも、人に優しくなることもできない。おたがいに対してすこし優しくなる。弱い者には手をさし伸べる。自分自身の存在を認め、自分で評価してあげる。それ以外にグローバルタフネスの時代を生き残る方法があるのだろうか。

きみはダイジョブ？

（２０１３年８月）

あとがき

エッセイは時代を映す鏡だなあ。

この本に収められた数年分の文章を読み直し、あらためてそう確認しました。作家だけでなく、今を生きるすべての人にとって、目のまえで展開する社会や歴史のひとこまをきちんと見ておくことが、これまで以上に死活問題になる時代がきています。

現代は異常気象が続く天候のように変化が激しく、先が読みにくい「嵐の時代」です。かつて圧倒的だった国や企業やシステムさえ、ほんの2、3年で見る影もなく衰退していく。代わりに登場する新しいチャンピオンも勢いはいいけれど寿命は短いもので、ヒットチャートのように暫定1位がいれ替わっていきます。日本だけでなく世界中で、明日の社会天気予報さえ確かでない時代になりました。

そんななかで、ひとりひとりの個人は迷いと恐れを深めているようです。あたりまえですよね。かつてはよりたのしく豊かに自己実現することが人生の目標だったのに、今ではなんとか生き延びる方法を探すために誰もが汲々としているのですから。生きる目標はずいぶんとランクダウンしてしまったのです。

このエッセイ集の時代背景をあげてみましょう。

東日本大震災、世界金融危機、電機産業（テレビとガラケーとパソコン）の衰退、少子化と未婚化の進展、非正規雇用の増大、中国の発展と領土問題、そして最後にイチかバチかのアベノミクス。心から成功を願いますが、最後の壮大な社会実験についてはまだ成否はわかりません。

これは作家の勝手ないい分ですが、それでもどんな時代になってもきちんと本を読んでいる人はだいじょうぶだと思うのです。時代の光と影に心を配りながら、変化を先読みしていく。読む人は強く、読む人は共感する力にすぐれる。これは受験や昇進試験では計れません が、よりよく生きるための大元にある力です。

グローバリズムや格差の風がどんなに激しく吹き荒れても、一冊の本は嵐の夜のシェルターになります。つぎのエッセイ集がまとまる数年後まで、いい本を読んでたのしく生き延びてください。

台風一過、一段と秋が深まった十月の夕べ

石田衣良

初出一覧

Ⅰ

幸福の確率……「R25」No・302／2012年2月16日／リクルート
新年も、いい人で……「R25」No・322／2013年1月17日
正義のゲキリン……「R25」No・282／2011年3月25日
涙の記者会見……「R25」No・308／2012年6月7日
体罰ニッポン……「R25」No・324／2013年2月21日
国はイマイチ、個人はゲンキ……「R25」No・278／2011年1月20日
光り輝く2週間……「R25」No・336／2013年9月19日
25回目と52回目の夏……「R25」No・312／2012年8月2日

Ⅱ

賃上げバンザイ！……「日経プレミアPLUS」Vol・6／2013年3月／日本経済新聞出版社
絶対、バカンス法！……「R25」No・270／2010年8月19日
スーパースーパークールビズ！……「R25」No・288／2011年7月7日

女子力大発展 …… 「R25」No・290／2011年8月4日
女はつらいよ …… 書き下ろし
男の高齢出産 …… 「R25」No・332／2013年7月4日
「いやらしい」を大切に …… 「R25」No・280／2011年2月17日
バブルに乗るか、乗らないか？ …… 「R25」No・326／2013年3月21日
20年後のために、スタート …… 「R22」／2013年2月28日

Ⅲ

6年目のフィナーレ …… 「R25」No・304／2012年3月15日
ドラマと原作者の関係 …… 「R25」No・272／2010年9月16日
ビートルズ再訪 …… 「R25」No・276／2010年11月18日
AKB48を考える …… 「R25」No・310／2012年7月5日
殺人者とは誰か？ …… 「R25」No・318／2012年11月1日
1年後の電子の本 …… 「R25」No・298／2011年12月1日
電子黒船、来航！ …… 「日経プレミアPLUS」Vol・7／2013年4月
デジタル革命が破壊する表現の世界 …… 「日経プレミアPLUS」Vol・10／2013年7月

Ⅳ

政治家、それとも小説家？……「日経プレミアPLUS」Vol・3／2012年12月
政治を鞭打つ音……「日経プレミアPLUS」Vol・4／2013年1月
参院選挙のジャストアンサー……「日経プレミアPLUS」Vol・11／2013年8月
世界のデモ嵐……「R25」No・296／2011年11月2日
適切なディスタンス……「日経プレミアPLUS」Vol・1／2012年10月
上海のクラクション……「R25」No・314／2012年9月6日
チャイナ・プロブレム……「R25」No・274／2010年10月21日
ノー・カントリー・イズ・パーフェクト……「R25」No・330／2013年6月6日

Ⅴ

モノトーンの未来予測……「R25」No・292／2011年9月1日
サイエンスの絶壁……「日経プレミアPLUS」Vol・2／2012年11月
リヨンは燃えているか……「R25」No・328／2013年4月18日
物乞いする自由……「日経プレミアPLUS」Vol・8／2013年5月
アベノミクスの死命……「日経プレミアPLUS」Vol・9／2013年6月
「いやらしい」はいけないことか？……「日経プレミアPLUS」Vol・5／2013年2月
フリーの世代……「R25」No・320／2012年12月6日
2050年の世界……「R25」No・316／2012年10月4日

Ⅵ

「各々」を大切に……「R25」No.284／2011年4月21日
あの日から……「R25」No.286／2011年6月2日
あれから、1年1カ月……「R25」No.306／2012年4月19日
男の責任のとりかた……「R25」No.294／2011年10月6日
1パーセント未満の幸福……「R25」No.300／2012年1月19日
きみはダイジョブ?……「R25」No.334／2013年8月1日

石田衣良 いしだ・いら

1960年東京生まれ。成蹊大学卒業。1997年『池袋ウエストゲートパーク』でオール讀物推理小説新人賞を受賞。2003年「4TEEN－フォーティーン」で第129回直木賞受賞。06年『眠れぬ真珠』で第13回島清恋愛文学賞受賞。13年『北斗　ある殺人者の回心』で第8回中央公論文芸賞受賞。

日経プレミアシリーズ｜220

きみはダイジョブ？

二〇一三年一一月八日　一刷

著者　石田衣良

発行者　斎田久夫

発行所　日本経済新聞出版社
http://www.nikkeibook.com/
東京都千代田区大手町一―三―七　〒一〇〇―八〇六六
電話（〇三）三二七〇―〇二五一（代）

装幀　漆原悠一（tento）

印刷・製本　凸版印刷株式会社

ISBN 978-4-532-26220-4　Printed in Japan

日経プレミアシリーズ140

「IT断食」のすすめ

遠藤功・山本孝昭

大量のゴミメールに、時間ばかり取られるパワポ資料。現場を忘れた技術者に顧客と会わない営業マン――生産性を向上させるはずのITに、みんなが振り回され、疲弊している不条理。深く、静かに進行する「IT中毒」の実態を明らかにし、組織と現場の力を取り戻す方法を解説する。

日経プレミアシリーズ154

20歳からの社会科

明治大学世代間政策研究所　編

人口増を前提とした日本の社会システムに矛盾が生じている。いま何が起きているのか、これからどうなるのか――。政治経済から、外交安全保障、環境問題まで、私たちが直面する「大問題」を6人の論者がていねいに解説する、大人のための社会科教科書。

日経プレミアシリーズ167

聴かなくても語れるクラシック

中川右介

本書はクラシック音楽を好きになるための本ではなく、社会人として知っておきたい常識を身につけるための本です。「クラシックがグローバル展開できた理由」「ベートーヴェンの謹呈商法」「名門オーケストラの人事」などのネタは、商談や会議の場を盛り上げてくれることでしょう。

日経プレミアシリーズ 189

韓国 葛藤の先進国

内山清行

財閥企業独り勝ち、脆弱なウォン経済、拡大する格差、世代間の確執――。5年に1度の「革命」と言われる大統領選挙を契機に不満が噴出している韓国。日本以上の課題先進国となった韓国が新大統領の下でどう変わるのかを、日経新聞ソウル支局長が活写。

日経プレミアシリーズ 190

今のピアノでショパンは弾けない

高木 裕

クラシックを曲解した権威主義に付き合うのはやめよう！ 今のピアノを知らない大作曲家達、ロボットが優勝しかねない現代のコンクール、ピアニストの苦悩と憂鬱、巨匠の愛したピアノの物語――裏側まで知り尽くした筆者だから語れる、クラシック音楽が100倍楽しくなる知識。

日経プレミアシリーズ 210

謎だらけの日本語

日本経済新聞社 編

オートバイはタイヤが2つあるのになぜか「単車」、「ご乗車できません」は西日本の方言、存在しない青山一丁目、紅葉を「もみじ」と呼ぶ理由――。一筋縄ではいかない日本語に隠されたドラマを日経新聞の校閲記者が解説する、ちょっと面白い日本語教室。

日経プレミアシリーズ 213

中国人の誤解　日本人の誤解

中島　恵

えっ「日本は中国と戦争したがっている」って？　日本を知らない中国人、中国を知らない日本人が、互いの悪印象を増幅させる。「抗日ドラマ」を見ているのは誰か？「愛国教育」の影響力とは？中国現地の多くの人々に本音の話を聞き、日中関係を覆う「不幸の構造」を解き明かす。

日経プレミアシリーズ 216

初歩からの世界経済

日本経済新聞社　編

シェールガス革命、米中の「クール・ウォー」、LIBOR問題、中国の隠れ借金――日本経済も、世界の出来事と無縁ではありません。日経新聞の人気連載を大幅加筆のうえ書籍化。現代世界を理解するため「これだけは知っておきたい」論点を、国際部の記者がやさしく解説します。

日経プレミアシリーズ 217

お子様上司の時代

榎本博明

未成熟な大人が増加し、上司―部下間の関係構築を困難にしている。意見が毎回変わる、頼らないと不機嫌になる、優秀な部下に難癖をつけたがる……。メンツや保身ばかり考える大人と権利意識の強い若者双方の心性に迫り、職場のコミュニケーション不全に心理学的見地から処方箋を提示する。